冰心儿童图书奖获得者 彭凡 编著

四大名著 穿越报

西游记 下

化学工业出版社
·北京·

图书在版编目（CIP）数据

西游记.下/彭凡编著.—北京：化学工业出版社，2018.8
（四大名著穿越报）
ISBN 978-7-122-32567-9

Ⅰ.①西…　Ⅱ.①彭…　Ⅲ.①儿童小说-长篇小说-中国-当代　Ⅳ.①I287.45

中国版本图书馆CIP数据核字（2018）第147320号

XIYOU JI XIA

责任编辑：马鹏伟　　　　　　　　　　　　文字编辑：李　曦
责任校对：边　涛　　　　　　　　　　　　装帧设计：刘丽华

出版发行：化学工业出版社（北京市东城区青年湖南街13号　邮政编码100011）
印　　装：北京缤索印刷有限公司
710mm×1000mm　1/16　印张12½　2019年1月北京第1版第1次印刷

购书咨询：010-64518888　　　　　　　　售后服务：010-64518899
网　　址：http://www.cip.com.cn
凡购买本书，如有缺损质量问题，本社销售中心负责调换。

定　　价：35.00元　　　　　　　　　　　　　　　　版权所有　违者必究

神仙、妖精、英雄。

帝王、公子、美人。

他们离我们的生活,似乎非常非常遥远……

远到……似乎只能在厚厚的书本中寻觅他们的踪迹。

唉,可是我最最崇拜的偶像,为什么偏偏是齐天大圣孙悟空呢?害我永远都不可能见到他。

还有《红楼梦》里的林妹妹,到底长什么模样,要是能亲眼看一看就好啦。

也许有人会说,本来就是啊,像《西游记》《红楼梦》这些,都只是虚构的小说而已。里面的世界,都没有真实存在过,怎么可能见得到活的孙悟空、活的林妹妹?

哦?果真是这样吗?

可别忘了,我们报社的时光机,可以到达任何一个时空、任何一个世界,包括名著中的世界哟。

去西游?还是去红楼?

去三国?还是去水浒?

什么?都想去啊?

OK,我们的记者团队马上出发!

哇，记者队伍里的大圣粉好多啊，大家都想跟大圣零距离接触，触摸他心底最柔软的地方。

哎呀，林妹妹又哭了，哭得小记者的心都化了，快点派个人去找宝玉哥哥回来啦。

喂喂喂，刘备、曹操、孙权这哥仨怎么又打起来啦？呜呜呜，人家只是个普通的小记者啦，可不可以不要接受这种高难度的战地采访任务啊？

路见不平一声吼哇，吼完继续往前走哇。啊，救命啊，我不是梁山好汉，我只是路过打酱油的，不要抓我……

经过各种惊喜、惊险、惊吓之后，记者们终于带回了这套《四大名著穿越报》。

按照报社一贯的风格，应该是每月1期，一年12期。但由于名著中的世界太过宏大，12期内容完全不够看，因此勤快的编辑、记者们将内容增加到了24期。也就是说，每一部名著都包含了足足24期内容哟。为了方便大家阅读，依旧做成合订本，分为上、下两册。每期报纸中，依旧包含了五花八门的新闻、八卦、访谈、广告、漫画……

我们有专门的记者和摄影师，全程跟踪名著世界里的主角们，为您带来第一现场报道。

搜集八卦依旧是记者的爱好。我们惊喜地发现，就算是名著世界中的人类，或者非人类，八卦精神也是一点也不输给现代人呢。

贴心的编辑还设置了《飞龙传信》栏目，专门为名著世界里的人答疑解惑。

当然啦，搜集日记、采访名人、拉广告赞助，等等，都是少不了的。

对了，为了拉近偶像与粉丝的距离，我们还特别设置了《明星问答》栏目，让粉丝与偶像零距离接触，面对面互动。怎么样，是不是很心动呢？

嗯，那么现在，就让我们一起去探究名著中那或荒诞、或绮丽、或波澜壮阔、或义薄云天的世界吧。

《西游记》是本什么书？
——吴承恩专访

> 嘉宾简介：吴承恩，长篇小说《西游记》的原著作者。擅长绘画、书法、写作，是个多才多艺的人。他博览群书，尤其喜欢读志怪小说，这对他后来创作《西游记》产生了很大影响。后人评论该著作：表面上写的是妖魔鬼怪，但其实写的是人间百态。

越越：吴先生您好，我们的记者团队马上要穿越西游世界了。您作为《西游记》的作者，有什么要叮嘱的吗？

吴承恩：嗯，希望你们能活着回来。

越越：（哭）吴先生，可不带这么玩儿的。

吴承恩：哈哈，你知道《西游记》是本什么样的书吗？

越越：嗯，我知道《西游记》是一部伟大的古典小说，主要讲述了孙悟空、猪八戒、沙和尚三人保护唐僧去西天取经的故事。他们一路降魔伏妖，历经九九八十一难，最后终于到达西天，取得真经。

吴承恩：嗯嗯，差不多。不过有一点我要强调一下，孙悟空、猪八戒、沙和尚并不是三个人，他们分别是一只猴子、一头猪、一个河妖。

越越：呃，把猴子、猪跟河妖设定成一本书的主角，我怎么感觉有点怪怪的。

吴承恩：哈哈，等你们真正穿越到西游世界后，还有更千奇百怪的事情发生呢。你知道，《西游记》是一部神魔小说，那里面神仙、妖精满天飞。现实中再荒诞、再不可思议的事情，都有可能在那里发生。我非常欢迎你们去西游世界中探索，不过一定要注意安全，不要招惹里面的妖精。嗯，对了，有些神仙也很小气的，也不要招惹

他们。

越越：（拍拍心口）吴先生，您说得我有点怕怕的。

吴承恩：哈哈，不用怕，《西游记》虽然荒诞，但也很接地气的。里面的神仙、妖怪啊，都跟凡人一样，要吃饭、穿衣、赚钱，也有很多人性的优缺点，比如侠义、慈悲、诙谐、懒惰、贪婪，等等。你要是跟他们交上朋友，就会发现他们身上非常世俗和有趣的一面。

越越：我明白了。其实您是用一种荒诞的手法来展现世间百态，对吧？

吴承恩：对。

越越：吴先生，您一个人完成一部这么伟大的著作，可真是了不起啊！

吴承恩：小记者，你过奖了，完成《西游记》并非我一个人之力，我也是在前人创作的基础上，进行加工再创作的。

越越：嗯？

吴承恩：唐僧取经，本来是一个真实的历史故事。唐僧原名叫陈祎（yī），法号玄奘，是一位唐朝高僧。他为了取经，从长安出发，一路历经磨难，走到天竺，带回六百多部佛经。后来，民间一直流传着唐僧取经的故事。

越越：于是大家想象了许多唐僧取经路上遇到妖魔鬼怪的故事？

吴承恩：（笑）没错。后来，元朝的杨景贤先生根据这些民间故事，创作了一部叫《西游记》的杂剧，讲的就是孙悟空、猪八戒、沙僧保唐僧西天取经的事。后来，我在这部杂剧的基础上，又进行了一些扩充和修改，于是就有了《西游记》这部小说。

越越：哇，这么说来，《西游记》原来是广大人民群众的智慧结晶呢。

吴承恩：是啊。

越越：但是不管怎么样，能将这个故事如此完美地演绎出来，吴先生您的功劳是最大的。

吴承恩：过奖过奖。

越越：嗯，好啦，时间不早了，我们得出发了，吴先生再见，咱们回头再聊。

吴承恩：小记者再见，多多保重。

第 13 期　女儿国逼婚

【顺风快讯】唐僧和八戒怀孕了！……………………………015
【现场追踪】悟空取水，唐僧、八戒化险为夷——唐僧逃婚记——
　　　　　　刚脱女王"魔掌"，又落女妖魔窟……………016
【西游茶馆】有个性的蝎子精………………………………024
【飞龙传信】御弟哥哥为什么不动心？……………………025
【明星来了】特约嘉宾：唐僧………………………………026
【明星问答】不敢说自己从不撒谎…………………………028
【广　告　墙】照胎泉的作用——卖落胎泉泉水——感谢孙长老…029

第 14 期　真假美猴王

【顺风快讯】悟空又被唐僧赶跑了…………………………031
【现场追踪】猴子造反了——两个美猴王，谁真谁假？——原来是
　　　　　　六耳猕猴捣乱…………………………………032
【西游茶馆】师徒不和引发的闹剧…………………………038
【飞龙传信】大圣爷爷为什么不回花果山？………………039
【修仙密码】神仙和妖怪的区别……………………………040
【明星来了】特约嘉宾：如来佛祖…………………………041
【明星问答】头上不是包包，是肉髻………………………043
【广　告　墙】唐僧的祷祝词——悟空的祷祝词——告诫悟空……044

第 15 期　三借芭蕉扇

【顺风快讯】八百里火焰山，阻挡西天去路……………………046

【现场追踪】借扇子不成，反被扇飞了——借了把假扇子，猴屁股差点被烧焦——猴王变身牛魔王，骗走宝扇——你骗我，我也骗你——曾经的兄弟，今日的仇敌………047

【西游茶馆】火焰山的火是谁放的？……………………………056

【八戒日记】芭蕉扇果然是好宝贝……………………………057

【明星来了】特约嘉宾：铁扇公主…………………………058

【明星问答】既是女仙，又是女妖…………………………060

【广　告　墙】借扇子须知——出售正宗的火焰山糕点——教授避火诀‥061

第 16 期　唐僧扫塔

【顺风快讯】金光寺和尚的冤屈……………………………063

【现场追踪】扫塔扫出两只小妖——大战九头虫——大圣小圣联手捉妖…………………………………………………064

【西游茶馆】猴子就是爱面子………………………………069

【飞龙传信】我们一家好惨啊………………………………070

【修仙密码】神仙的日常生活………………………………071

【明星来了】特约嘉宾：唐僧………………………………072

【明星问答】一路吃喝全靠化缘………………………………074

【广　告　墙】我还会回来的——金光寺改名伏龙寺——求高僧带带我们…………………………………………………075

第 17 期　误入小雷音

- 【顺风快讯】唐僧师徒到西天了？……………………………077
- 【现场追踪】"佛祖"原来是妖怪——撬啊撬，撬金铙——神仙惨遭妖怪毒手——弥勒佛收妖……………078
- 【西游茶馆】神仙怎么都这么粗心……………………………086
- 【飞龙传信】来自驼罗庄的求救信……………………………087
- 【明星来了】特约嘉宾：悟空………………………………088
- 【明星问答】秤砣虽小压千斤…………………………………090
- 【广告墙】欢迎光临四大佛教圣地——保证书——卖柿树苗啦…091

第 18 期　智盗紫金铃

- 【顺风快讯】八戒揭了朱紫国的皇榜？…………………………093
- 【现场追踪】猴子竟然会悬丝诊脉？——奇药治奇病——紫金铃不是好玩的——悟空再盗紫金铃——当假铃铛遇上真铃铛……………094
- 【西游茶馆】马尿的神奇功效…………………………………104
- 【国王日记】娘娘终于回来了…………………………………105
- 【明星来了】特约嘉宾：观音菩萨……………………………106
- 【明星问答】取经队伍的幕后人………………………………108
- 【广告墙】招医榜文——卖药公告——专治双鸟失群症………109

第 19 期　七个蜘蛛精

【顺风快讯】唐僧化斋化到妖怪家……………………………111
【现场追踪】八戒调戏蜘蛛精——跟虫子打了一架——黄花观中毒事件——毗蓝婆菩萨收妖………………………………112
【西游茶馆】毗蓝婆菩萨是只老母鸡？………………………119
【唐僧日记】再也不敢一个人化斋了…………………………120
【明星来了】特约嘉宾：悟空……………………………………121
【明星问答】不赞同师父化斋……………………………………123
【广告墙】警告——愿拜七位仙姑为母——卖毒药…………124

第 20 期　大战三魔

【顺风快讯】四万吃人魔，吓破唐僧胆…………………………126
【现场追踪】关键时刻，三根毫毛救命——孙悟空被妖怪"吃"掉了——悟空再降二魔王——差点被妖怪蒸了——妖怪竟然是佛祖的舅舅！………………………………………127
【西游茶馆】大圣为什么老爱钻妖怪肚子？……………………137
【悟空日记】恐怖的狮驼岭………………………………………138
【明星来了】特约嘉宾：八戒……………………………………139
【明星问答】戒了五荤三厌，所以叫"八戒"…………………141
【广告墙】招贤纳士——谨防孙悟空变苍蝇——不许吓唬唐僧………………………………………………………142

第 21 期　四探无底洞

【顺风快讯】唐僧又救了个妖怪……………………………144
【现场追踪】镇海禅林寺和尚失踪事件——悟空一探无底洞——
　　　　　　悟空二探无底洞——妖怪原来是李天王的"女儿"
　　　　　　………………………………………………………145
【西游茶馆】李天王怎么收了个妖怪女儿？………………153
【沙僧日记】不长记性的师父…………………………………154
【明星来了】特约嘉宾：李天王………………………………155
【明星问答】我跟猴子不对付…………………………………157
【广　告　墙】告徒弟——为御弟祈福——防鼠公告………158

第 22 期　王子拜师

【顺风快讯】唐僧师徒已到达天竺国…………………………160
【现场追踪】王子拜师——妖怪要开钉耙会——和尚大战狮子精
　　　　　　——妖怪原来又是仙兽下凡……………………161
【西游茶馆】黄狮精，不识货！………………………………168
【铁匠日记】长嘴大耳的和尚最讨厌…………………………169
【明星来了】特约嘉宾：悟空…………………………………170
【明星问答】猴子里数我老孙长得最俊………………………172
【广　告　墙】求医——领狮肉公告——为三位长老缝制新衣……173

第 23 期　天竺收玉兔

- 【顺风快讯】寺庙半夜传来诡异哭声……………………………………175
- 【现场追踪】唐长老被绣球打中了——公主果然是假的…………176
- 【西游茶馆】玉兔与公主的前世恩怨……………………………………180
- 【飞龙传信】布金禅寺真的布满黄金吗？………………………………181
- 【修仙密码】神仙可以结婚吗？……………………………………………182
- 【明星来了】特约嘉宾：八戒………………………………………………183
- 【明星问答】虽然长得丑，但不冒黑气…………………………………185
- 【广告墙　】感谢四位圣僧——除妖建议——告八戒…………186

第 24 期　灵山取真经

- 【顺风快讯】师徒四人已到灵山脚下……………………………………188
- 【现场追踪】唐僧脱了肉骨凡胎——差点白跑一趟——九九八十一难之最后一难………………………………189
- 【西游茶馆】阿傩、伽叶为什么向唐僧索贿？…………………………195
- 【太宗日记】御弟终于回来了………………………………………………196
- 【明星来了】特约嘉宾：唐僧………………………………………………197
- 【明星问答】要念真经，须得找佛门宝地………………………………199
- 【广告墙　】提高警惕，防止妖怪抢夺经书——取经人要回来了——誊写真经诏书………………………………200

第13期 女儿国逼婚

本期关注

过了通天河,唐僧师徒来到了神秘的女儿国。这个国家只有女人,没有男人。国王见唐僧相貌堂堂、一表人才,不禁动了芳心,想把他留在女儿国当国王。面对如此巨大的诱惑,唐长老会不会动心呢?

顺风快讯

唐僧和八戒怀孕了！
——来自女儿国的加密快讯

（本报讯）最近，从西边传来一个令人哭笑不得的消息：唐僧和八戒怀孕了！这是怎么回事？好奇的记者立刻快马加鞭，第一时间追上了取经队伍。

原来前几天师徒四人走着走着，忽然遇到一条河。唐僧见河水清冽，就叫八戒拿钵盂舀了满满一钵盂水喝。唐僧喝了几口，剩下的被八戒喝光了。

不到半个时辰，唐僧和八戒就一起叫肚子疼。刚开始，还以为是喝了生水，坏了肚子。谁知疼着疼着，俩人的肚子越来越大，用手一摸，里面还"扑通、扑通"地跳呢！

悟空去前面村庄求助，一个老婆婆听说了此事，笑得合不拢嘴。原来，这里是西梁女儿国，国内全是女子，没一个男子。国内有一条子母河，谁想生孩子了，就去喝一口子母河的水，喝了就可以怀孕，过几天就能生小孩。唐僧和八戒喝的，正是子母河的水。

哎，经还没有取到，倒有可能先生个娃，这只怕是师徒四人自取经以来，闹过的最大乌龙事件了。

作为出家人，他们该如何化解这次危机呢？敬请期待接下来的精彩报道。

现场追踪

悟空取水，唐僧、八戒化险为夷

再说唐僧和八戒一听要生小孩，吓得魂飞魄散。悟空和沙僧两个吵着嚷着要去请接生婆，师徒几个闹得不可开交。

唐僧又疼又急，叫悟空去给他买药吃。路过的老婆婆说："喝了子母河的水，就是吃药也不管用。从这里往南走，有一座解阳山，山里有一个破儿洞，洞里有一眼落胎泉。必须喝那里的泉水，才能化解胎气。只是前几年来了个道士，叫如意真仙，把破儿洞占了。你要泉水，还得去求他。"

悟空听了，满心欢喜，对师父说："师父放心，等俺老孙去取水。"说完他一个筋斗翻走了。

悟空来到破儿洞，找到道士，说明来意。谁知道士一听悟空的名字，勃然大怒。原来，道士是牛魔王的弟弟，红孩儿的叔叔。他正想找悟空报仇呢，没想到孙悟空竟送上门来了。

道士取出一把如意钩，去钩悟空。悟空举棒相迎。俩人打了十几个回合。道士打不过悟空，倒拖着如意钩，跑到山上去了。

悟空也不追他，拿了一个瓦钵，径直去落胎泉取水。他正"突突突"地放着吊桶，道士不知从哪钻出来，看准他的脚，拿钩子一钩，把他钩了个跟头。

悟空从地上爬起来，举棒要打，道士却一溜烟跑了。悟空

现场追踪

又"突突突"地去放吊桶,道士又不知从哪冒出来,去钩悟空的脚。等悟空举棒要打,道士又跑了。

悟空打不成泉水,气得跳脚大骂:"你过来,你过来,看我不一棒打死你!"道士不肯过来,但也不让悟空打泉水。悟空无奈,只好回去找帮手。

悟空带上沙僧,又来到破儿洞门口。二人商量好,待会儿悟空去引开道士,沙僧趁机取水。

再说道士,听说悟空又来了,不得不出门迎敌。趁二人打得难分难解时,沙僧直奔落胎泉,打了满满一吊桶泉水,驾着云,连吊桶带泉水抱走了。

悟空见泉水已经到手,也不与道士纠缠,收起金箍棒,说:"妖怪,今天暂且放过你。"道士不识好歹,又拿钩子去钩悟空的脚。

悟空闪过钩头,把道士一推,推了个大马趴,然后夺过如意钩,轻轻一折,丢到地上,问:"妖怪,你服不服?"道士战战兢兢,哑口无言。悟空哈哈一笑,驾起筋斗云,追上沙僧。

唐僧和八戒喝了落胎泉泉水,不多时,肚子里的胎气果然化了。

现场追踪

唐僧逃婚记

再说女儿国国王,听说唐僧师徒来了,十分欢喜,觉得是天赐的姻缘,想招唐僧做夫君,便派太师去说媒。

唐僧一听,呆住了。八戒嚷嚷道:"太师,我师父一心向佛,不爱财富美色。不如你打发他西去,留我老猪在这里入赘,岂不两全其美?"太师见八戒长嘴大耳,吓得不敢说话。

唐僧偷偷问悟空:"悟空,你说怎么办好?"

悟空笑着说:"依俺老孙看,你留在这里也好。让我跟八戒、沙僧三个去西天。"

太师大喜,说:"正是,正是。我这就去跟女王复命。"

太师走后,唐僧一把扯住悟空骂道:"你这猴头,怎么说这种话!叫我在这里成亲,你们去西天拜佛。我就是死也不干。"

悟空笑着说:"师父放心,我是哄她们的。要是不先答应她们,惹恼了女王,一气之下把我们扣留了,怎么去西天?不如先假装答应了,再想办法。"唐僧这才转怒为喜。

再说女王,一听唐僧答应了亲事,顿时大悦,立刻摆驾,亲自接唐僧进宫。等见到唐僧真容,女王仔细一看,果然是相貌堂堂、一表人才,心中更加欢喜。

三个徒弟跟着进了宫,吃了一顿丰盛的喜宴。吃完了,三个前来拜别师父。唐僧请求女王道:"请陛下允许我送他们三个人出城,贫僧有话要交代。"

女王听了,也不多话,立刻传旨摆驾,亲自和唐僧出城给悟空三人送行。

等到了城外,唐僧走下龙车,对女

王说:"陛下请回,贫僧要去西天取经了。"

女王大惊失色,扯住唐僧说:"御弟哥哥,不是说好了留下来吗?怎么突然变卦了?"

八戒听了,晃着耳朵跑过来,嚷道:"谁要跟你做夫妻,快放我师父走!"

女王见他撒泼卖丑,吓得魂飞魄散,一跤跌倒在龙车里。沙僧正要去扶唐僧,不想路边闪出一个女子,刮来一阵旋风,呜的一声,把唐僧抓去,瞬间无影无踪。

现场追踪

刚脱女王"魔掌",又落女妖魔窟

见师父被抓走,三个徒弟急忙去追,追了几十里地,看到一座高山。山上有个石洞,洞口有两扇石门,门上写着"琵琶洞"。

悟空摇身一变,变成一只蜜蜂,嗡嗡地从门缝里飞进去。他飞过两层门,看到一个花亭,亭中坐了一个女妖怪,左右列着两排丫鬟侍女。

妖怪挥了挥手说:"小的们,把唐僧带上来!"几个丫鬟走到后房,把唐僧扶了出来。

妖怪娇滴滴地走上前,扯住唐僧说:"御弟哥哥别怕,我知道你在女儿国赴宴,没吃什么东西。这里有一盘素馍馍,一盘荤馍馍,你要吃哪个?"

唐僧吓得战战兢兢,又不敢不答,只好说:"贫僧吃素。"

妖怪就拿起一个素馍馍,掰成两半,递给唐僧。悟空忍不住现出本相,抽出金箍棒,大喝一声:"妖怪看打!"

妖怪急忙叫丫鬟带走唐僧,然后取来一柄三股钢叉迎敌。悟空边打边退,一直退到洞口。八戒见了,举起钉耙,冲上去助阵。三人打了半天,不分胜负。

妖怪忽然一跳,跳到悟空头顶,不知拿什么扎了悟空一下。悟空痛得大喊一声,败下阵来。

现场追踪

八戒一看不好，拖着钉耙和悟空跑了。

悟空抱着脑袋，连喊："疼！疼！疼！"沙僧帮他查看伤势，却发现不肿不破，连个伤口都找不到。

三兄弟还想去找妖怪索战，无奈悟空头疼难忍，只好先找了个山坡休息。

第二天，悟空醒来，发现疼的地方不疼了，又和八戒跑到妖怪洞口索战。

三人见面就打，打了几个回合，妖怪又跳起来，扎了八戒的嘴一下。八戒疼得拖着钉耙，捂着嘴，转身就跑。紧接着，悟空也败下阵来。

现场追踪

　　眼看打不赢这妖怪，三人正发愁，忽然看到一个老妈妈提着竹篮，从南边走过来。悟空一眼认出是观音菩萨来了，忙过去行礼，说："菩萨，我师父又被妖怪抓走了，还望你救救他。"

　　观音现出本相，提着竹篮，踏着祥云飞到半空中，说："悟空，这妖精十分厉害，连我也对付不了她。你去天庭找昴（mǎo）日星官，他有办法收服这妖怪。"说完，观音化作一道金光，飞回南海去了。

　　悟空回到山坡，交代了八戒和沙僧一番，驾起筋斗云，去天庭找到了昴日星官。昴日星官听说要救唐僧，赶忙跟着悟空下了凡。

　　昴日星官说："你们去把妖怪叫出来，我好降她。"

　　八戒听了，急忙跑到洞口，举起钉耙，一耙把大门打破了。片刻后，妖怪怒气冲天地走出来。八戒害怕被扎，转身就跑，把妖怪引到山坡上。只见昴日星官站在坡顶，现出本相，原来是一只双冠大公鸡。

　　公鸡对着妖怪叫了一声，妖怪便现了原形，原来是只琵琶大小的蝎子精。公鸡再叫一声，妖怪全身酥软，倒地身亡。

　　三兄弟谢过了昴日星官，去洞里找到唐僧，收拾了行李，继续西行。

西游茶馆

有个性的蝎子精

这妖怪既然是只蝎子精,那个扎人的东西,想必就是她的尾钩了。不过,她那尾钩怎么这么厉害,悟空和八戒两个都吃了她的亏不说,连观音菩萨都降服不了她。这么厉害的妖怪,世上还真不多见呢!

——善财童子

是啊,我听说连如来佛祖都被她扎过呢。一次,她到雷音寺听佛祖讲经,佛祖看她不惯,随手推了她一把,她生气了,转身在佛祖的中指上扎了一下。佛祖也痛啊,还叫金刚去捉拿她呢。

——守山大神

哈哈,连佛祖都扎,这只蝎子精也太有个性了。

——金鱼精

她确实挺有个性的。

——莲花妖

御弟哥哥为什么不动心？

穿穿老师：

你好，我是女儿国国王。那从东土大唐来的御弟哥哥，真是叫人又爱又恨。他明明答应留下来跟我成亲的，却还是走了。真是个大骗子！

我想不明白，去西天取经有什么好，每天风餐露宿、忍饥挨饿，我想想都为他心疼。我们女儿国虽然是女人之邦，可一点也不比男人的国家差。他若是当了国王，荣华富贵享之不尽，难道不比做和尚好？

我虽然不敢自诩人间绝色，但也有几分容貌，与御弟哥哥正好般配。可御弟哥哥为什么不喜欢我呢？富贵、权势和美人，难道不是世上所有男人追求的东西吗？御弟哥哥为什么一点都不动心？他想要的到底是什么？

女儿国国王

陛下：

您好。富贵、权势和美人，的确是世上绝大多数男人的追求，但唐僧是个例外。因为他不是一个普通男人，而是一位德行很高的圣僧。

他心里很清楚，一世的安稳享受，换来的不过是死后的一副臭皮囊，而他追求的绝不是这些。所以哪怕不远万里，哪怕随时丢掉性命，他也要去西天取经，修成正果，普度众生。这才是他作为一代高僧的价值。

而为了达成目标，他必须拒绝红尘中的各种诱惑。他做到了，他是一个真和尚。这一点我挺佩服他的。

所以陛下您看，您与唐僧本不是一类人，注定有缘无分，所以还是放下吧。祝您早日找到如意郎君。

《西游记》编辑 穿穿

特约嘉宾：唐僧

嘉宾简介：一代高僧，取经队伍的领导者。虽然他的性格婆婆妈妈，身体弱不禁风，但他受得住风餐露宿的艰苦，经得起富贵美色的考验，目标明确、意志坚定，是一位真正受人敬仰的高僧。

越越：唐长老您好，请问您怎么形容在女儿国的这段经历？

唐僧：只能用四个字形容——惊心动魄。那女儿国中的女子，实在是比妖精还难对付。

越越：咦，那些女子都是些凡人，怎么会比妖精还难对付呢？

唐僧：正因为她们是凡人，打又打不得，骂又骂不得，才难对付。要是遇上妖精，只要我大徒弟悟空出马即可。

越越：说得有道理。我想问一下，你们师徒四人一起去的女儿国，为什么只有您被看上，悟空、八戒和沙僧就没被人看上呢？

唐僧：唉，我这三个徒弟，虽然个个武艺高强，却长得一个比一个丑。

越越：嘻嘻，说得也是，这世上谁不爱美呢？唐长老，那女王是不是长得很美？

唐僧：南无阿弥陀佛。在贫僧眼里，世间女子无论美丑，都是一具粉骷髅，又何来美丑之说？

越越：那她性格、脾气怎么样？

唐僧：（为难）贫僧与女王也不过是一面之缘，对她知之甚少。

明星来了

越越：唐长老，您就别再扭扭捏捏了。虽然您在女儿国待的时间不长，可女王对您一见钟情。她跟您又是拉手，又是说悄悄话的，连喜酒都办了，您怎么可能对她一点了解都没有？

唐僧：（冒汗）要说一点了解都没有，也是不对的。在贫僧看来，女王不仅端庄大方、温婉有礼，更重要的是心思缜密。

越越：哦，具体体现在哪里？

唐僧：贫僧从东土大唐出发，随身带了一本通关文牒（即古代护照），每到一国，都需国王在上面加盖宝印，才能过关。我那关文里，上有大唐皇帝的宝印，下有宝象国印、乌鸡国印、车迟国印，本来我以为关文没什么不妥，可女王给我盖印时，却发现了问题。

越越：什么问题？

唐僧：我那关文，因为是从大唐带来的，因此上面只有我的名字，没有三个徒弟的名字。女王发现了，就替我把三个徒弟的名字补了上去。

越越：女王果然十分细心，长得又那么美，说实话，您就真的一点都没有动心吗？

唐僧：南无阿弥陀佛。贫僧一心向佛，绝无二心。

越越：果然是个心坚意诚的好和尚。

唐僧：南无阿弥陀佛，多谢施主夸奖。施主，贫僧该上路了。

越越：嗯嗯，那不耽误您的行程了，唐长老再见。

明星问答

不敢说自己从不撒谎

柳小姐：大圣，听说妖怪们都很怕您，是不是真的？

悟空：哈哈，想当年俺老孙大闹天宫，天上地下谁没听过俺老孙的名头。这西行路上的妖怪数不胜数，可只要听到俺老孙的名字，哪一个不吓得战战兢兢，两腿发抖？跟你讲，莫说是妖怪，连神仙都怕俺老孙哩！

金毛狮子：您徒弟孙悟空那么厉害，区区一个女王如何拦得住你们？您又何必跟那女王虚情假意，直接用武力解决不是更好？

唐僧：南无阿弥陀佛。女王的确拦不住我们，但如果硬闯的话，悟空手脚重，武器又凶，万一把一国的人都杀了，岂不是贫僧的罪孽？

小兵康康：您那三个徒弟跟您告别，去西天取经的时候，女王有没有给他们路费？

唐僧：给了，但出家人不受金银，不穿绫罗。所以女王赐他们金银绫罗，他们都不肯要。后来赐了三升米，被八戒那个馋货接了。

紫眉道人：俗话说，出家人不打诳语。您真的从不说谎吗？

唐僧：（沉默片刻）按理说，出家人是不该打诳语的。但如果真到了性命攸关的时刻，就顾不得那么多了。贫僧不敢说自己从不撒谎，但绝不用谎言害人。

柳小姐：您老说自己的三个徒弟长得丑，到底有多丑？

唐僧：大徒弟孙悟空，长得像个活雷公；二徒弟猪八戒，长得像猪；三徒弟沙和尚，跟夜叉一个模样。贫僧也不是嫌弃他们的相貌，只是他们三个走在路上，实在是吓人。

广告语

照胎泉的作用

女儿国的姐妹们，你们喝了子母河河水三天后，记得去照胎泉照照。如果照出两个影子，那么恭喜你，你很快就会拥有一个健康漂亮的女宝宝了。

——女儿国国师

卖落胎泉泉水

卖泉水啦，卖泉水啦，正宗的落胎泉泉水。原本是孙长老和沙长老从如意真仙那里取来的，唐长老和猪长老没有喝完，赐给我老婆子做棺材本。不慎喝了子母河水的人，请速速前来购买。女人打七折，男人不打折！

——谢家婆婆

感谢孙长老

我们本来是女儿国的百姓，不幸被蝎子精抢到洞里做了丫鬟，每天操劳辛苦不说，还不能与家人相见。幸好孙长老请来昴日星官，替我们除掉了妖怪，使我们恢复了自由。在这里，我们要衷心感谢孙长老，并祝你们西行顺利，早日取到真经。

——琵琶洞众丫鬟

第14期 真假美猴王

本期关注

孙悟空造反了！他打伤唐僧，抢走取经行李，还变出假师父和假师弟，准备去西天取经呢。就在这时，又一个孙悟空跳出来，说前者是假的，自己才是真的。两个悟空吵吵嚷嚷，难辨真假，让天上地下各路神仙都伤透了脑筋。

悟空又被唐僧赶跑了

——来自老杨家的快讯

（本报讯）昨日，记者得到一个消息，悟空因为行凶杀人，又被唐僧赶跑了！

那天傍晚，唐僧骑马走快了点，把三个徒弟远远甩到了后面。忽然路边跳出三十多个强盗，要抢劫长老的白马。幸好悟空及时赶来，一顿棒打，两个强盗头目当场毙命，剩下的四散而逃。

事后，唐僧虽然怪悟空下手太重，但也没有过分追究。可事情坏就坏在当晚师徒借宿时，选错了人家。

这户人家姓杨。好巧不巧，老杨的儿子正是强盗中的一个。半夜老杨的儿子带着兄弟们回家，看到唐僧的白马，一问，发现仇人竟然就睡在自己家，顿时起了杀心。

老杨是个善良人，趁强盗们磨刀时，偷偷放跑了师徒四人。然而强盗们不知好歹，拔腿一顿狂追，等追上了，等着他们的又是悟空的一顿棒打，这下悟空又打死了二十多个强盗。

唐僧一看，勃然大怒，狂念一通紧箍咒后，把这个行凶闯祸的猴子赶跑了。

猴子是否回花果山了呢？敬请期待接下来的精彩报道。

现场追踪

猴子造反了

赶走悟空后,师徒三人又走了五十多里路。唐僧又累又渴,叫八戒去找水。谁知八戒一去不回,唐僧只好又叫沙僧去催。

唐僧一个人孤零零地坐在路边,忽然听到一声响,一看,原来是悟空跪在地上,双手捧着一个瓷杯,说:"师父,没有俺老孙,您连水都没得喝呢。您把这水喝了,我再去给您化斋。"

唐僧怒道:"我就是渴死,也不喝你的水!你快走!别再来纠缠我!"

悟空一听变了脸,骂道:"你这个狠心的秃驴,也太糟践我了!"说完,他抡起金箍棒,一棒把唐僧打翻在地,将两个包袱提在手里,驾云走了。

再说沙僧找到八戒后,化了斋、取了水,急急忙忙赶回来,却见师父倒在地上,白马在一旁长嘶,行李担子不见了踪影。

八戒吓得一屁股坐到地上,捶胸顿足:"不好了,师父被强盗打死了,行李被强盗抢走了,西天也去不成了。沙师弟,咱们把白马卖了,拿钱买口棺材,把师父埋了,就此散伙吧!"

沙僧一听,抱住师父也号啕大哭,忽然发现唐僧还有气,赶紧和八戒把他扶起来。唐僧醒来后,把悟空怎么打他,抢走行李的事情说了一遍。

八戒和沙僧一听,火冒三丈。沙僧对八戒说:"你好好照看师父,我去找那泼猴要行李。"说完,沙僧驾起祥云,直奔花果山。

沙僧飞了三天三夜,总算到了花果山。一见到悟空沙僧就问:"大师兄,你为什么打师父,还抢走取经的行李?"

悟空听了,呵呵冷笑说:"沙师弟,那个唐僧不通情理,我

不保他了。我另选了一个唐僧,不信请他出来给你看。——小的们,快请师父出来。"

几个猴子精果然扶出一个唐僧,牵出一匹白马来。后面还跟着个猪八戒,挑着行李。一个沙僧,拿着降妖宝杖。

沙僧勃然大怒,一杖下去,把假沙僧劈头打死了,原来是个猴子精变的。悟空怒了,领着一群猴子来打沙僧。

沙僧心想:"这泼猴真的造反了,看我去观音菩萨那里告他的状。"于是他急忙驾云逃跑。

悟空见沙僧跑了,也不追赶,又叫一个猴子精变成沙和尚的模样,准备去西天取经。

现场追踪

两个美猴王，谁真谁假？

沙僧一路腾云驾雾，来到南海普陀山，拜见了观音菩萨，正要说猴子造反的事，一抬头，却见悟空就站在观音菩萨旁边。沙僧火冒三丈，二话不说，举起降妖宝杖就打。悟空左躲右闪，却不还手。

观音菩萨急忙叫住沙僧："沙悟净，先不要动手，有什么事情跟我说。"

沙僧收了宝杖，气冲冲地把悟空打伤唐僧，抢走行李，又变出一个假唐僧去西

现场追踪

天取经的事情说了一遍。

观音菩萨听了说："沙悟净，你不要诬陷好人。"原来，悟空被唐僧赶走后，并没有回花果山，而是径直去了南海，找观音菩萨诉苦。观音菩萨宽慰了他一番后，把他留在了普陀山。

沙僧一听傻了："那花果山上的猴子是谁？"

悟空一听有人冒充他，气得要去花果山找那猴子算账。

俩人到了花果山，仔细一看，果然有个假悟空坐在石台上，正与猴子们喝酒。

悟空气得暴跳如雷，举棒就打："哪来的妖怪，敢变成我的模样招摇撞骗？"

假悟空见了，也抽出一根金箍棒来迎敌。两个悟空打成一团。俩人相貌相同，武器相同，连本领都一模一样。打了半天，不分胜负。沙僧在一旁也傻了眼，分不清到底哪个真，哪个假。

两个悟空吵吵嚷嚷，来到南海，请观音菩萨分辨真假。

观音菩萨一看，两只猴子一模一样，也分不清真假，只好暗中念了一段紧箍咒。谁知两个悟空一齐抱着脑袋，在地上打滚，喊："莫念！莫念！头疼！头疼！"

观音菩萨也没办法了，只好让他们去天庭找玉帝。两个悟空拉拉扯扯，又闹上了灵霄宝殿。

玉帝一看来了两个齐天大圣，慌了，等听完事情的经过，忙叫李天王去拿照妖镜。一照，镜子里仍然是两个悟空。金箍、衣服都一模一样。玉帝分辨不出，把两只猴子一齐赶出了灵霄宝殿。

两个大圣又打又嚷，闹到阴曹地府。阎王叫判官取来生死簿，查假悟空的底细，可查来查去，却怎么也查不到，只好说："大圣，阴间查不到，你还是去阳间分辨吧。"。

难道天上地下，就没一个人能分辨真假美猴王吗？本报记者将继续为您跟踪报道。

> 现场追踪

原来是六耳猕猴捣乱

没办法，两个悟空只好拉拉扯扯来到西天雷音寺，找到如来佛祖，要辨真假。

如来微微一笑，说："我知道有一种猴子，叫六耳猕猴。他善于聆听，只要站在那里，就能知道千里之外发生的事情，听到千里之外的人说的话。我看这个假悟空，就是六耳猕猴变的。"

假悟空一听如来说破了他的本相，胆战心惊，就要驾云逃跑，早被四大菩萨、八大金刚、五百罗汉团团围住。六耳猕猴摇身一变，变成一只蜜蜂，想从缝隙里飞走。如来见了，抛出一个金钵盂，正好把蜜蜂盖到里面。

众人走上前，揭开金钵，里面果然是一只六耳猕猴。悟空忍不住抽出金箍棒，一棒下去，把六耳猕猴打死了。

如来见了，心中不忍，连说："善哉！善哉！"接着如来又对悟空说："悟空，妖怪已除，你快回去保唐僧取经吧。"

悟空磕头说："佛祖，我师父不要我了。麻烦您念个松箍咒，帮我把这金箍退了，我好还俗。"

如来说："不要胡说，我叫观音菩萨送你回去，不怕他不收。"

观音菩萨领着悟空，一路腾云驾雾，来到唐僧跟前，对他说："玄奘，前天打你的是假悟空，乃六耳猕猴所变。如今他已被悟空打死了。你还需悟空保你，才到得了西天。"

唐僧恭敬地磕头说："谨遵观音菩萨教诲。"

就这样，师徒二人又和好如初，齐心协力去西天取经。

现场追踪

西游茶馆

师徒不和引发的闹剧

这个六耳猕猴怎么这么厉害？幸好被大圣一棍子打死了，不然留下来肯定是个祸根。

——夜游神

事情也不能全怪六耳猕猴。要论根源，还得从唐僧赶走悟空说起。

——日游神

在取经队伍中，论法力，悟空最强；论功劳，悟空最大。唐僧每次被妖怪抓走，哪一回不是悟空尽心尽力去救的？可唐僧呢，不但不感激，还动不动就"泼猴，泼猴"地骂，也从不信任他，是个人都会有脾气，更何况是闹过天宫的齐天大圣？

——广目天王

除了唐僧、悟空两个当事人外，八戒和沙僧两个也有问题。他们两个法力平平，也没立下什么功劳，眼看悟空一路除妖降魔，功勋昭彰，说不定正眼红着呢。尤其是八戒，动不动被悟空拿棒子恐吓，早就一肚子牢骚了。所以这一次，眼看悟空被师父赶走，俩人也不帮着说句话。

——托塔李天王

你们说的都有道理。这场真假猴王事件，正好给师徒四人敲响了警钟，让他们意识到了团队和睦的重要性。而且观音菩萨也出来为悟空说话了，相信唐僧以后再也不敢动不动就叫猴子回花果山啦。

——记者穿穿

大圣爷爷为什么不回花果山？

穿穿老师：

你好，我们是花果山上的猴子。前几天，有个六耳猕猴冒充大圣爷爷回花果山，骗得我们好惨啊。后来我们才知道，大圣爷爷确实被唐和尚赶走过，可是他没有回花果山，却去了观音菩萨的普陀山。

记得大圣爷爷上次被唐和尚赶走，第一个想到的就是花果山。可是这一次，他为什么不回花果山了？难道大圣爷爷不要我们了吗？呜呜呜……

花果山众猴子

猴子们：

你们好，请不要太难过，你们的大圣爷爷啊，不是不想回花果山，是不好意思回来呢。

记得他第一次被唐僧赶走，八戒来花果山请他回去的时候，他信誓旦旦地跟你们说，天上地下，谁都知道他孙悟空是唐僧的徒弟，所以还得回去保唐僧取经。还说什么不是唐僧赶他回来的，是他想回家来看看。可如今，他又被唐僧赶走了，想起自己之前说的话，实在是没脸再回来了。

你们又不是不知道，你们的大圣爷爷最爱面子。不光是花果山，天宫、海上三岛、东海龙宫这些地方，他一个都没去，就是怕被人笑话，最后走投无路，他才去了普陀山找观音菩萨。

所以你们不用担心，你们的大圣爷爷并没有不要你们。如今他是铁了心要去西天拜佛求经，等他取经回来，自然还会回花果山，带你们一起玩耍。

《西游记》编辑 穿穿

修仙密码

神仙和妖怪的区别

悟空原本是个妖怪,后来成了神仙。八戒、沙僧本来是神仙,后来却成了妖怪。那么,神仙和妖怪到底有什么区别呢?

有人说,妖怪是动物修炼成人,神仙是人修炼成的。

这种说法大错特错,孙悟空本身是一只猴子,不照样做了神仙?而且仙界有规定:三界之中,凡是有九窍的,都可以成仙。所以,什么修炼的并不重要,重要的是,修炼之后,是为天庭效力,还是跟天庭作对。

为天庭效力的,就是神仙;跟天庭作对的,就是妖怪。

同样,孙悟空是个很好的例子。当初他大闹龙宫和地府,被龙王与阎王一同告到玉帝那里,玉帝问过这样的话:"这妖猴是哪里来的?怎么这么有本事?"

这时悟空虽然修道成功,但还没有去天庭报到,所以在玉帝眼中,他仍然是只妖猴。

后来悟空受到玉帝招安,去天庭做了弼马温,就成了正经的神仙。

再后来,悟空嫌弼马温官职太小,跑下界去,自封齐天大圣。玉帝派李天王和哪吒前去围剿,哪吒称他为"泼妖猴",这时悟空又成了妖怪。再后来,玉帝再次招安,封悟空为齐天大圣,悟空又成了神仙。

就这样,悟空一会儿是妖怪,一会儿是神仙,到底是妖还是仙,不过取决于他是否为天庭效力而已。

八戒和沙僧也是同样的道理,他们本来一个是天蓬元帅,一个是卷帘大将,都是正经的神仙,后来因为触犯天规被天庭解职除名,所以就成了妖怪。

明星来了

特约嘉宾：如来佛祖

嘉宾简介：如来，又称释迦牟尼，原本是一位印度王子，因为见识到世间各种生老病死的痛苦，决定抛弃王位和财富，出家修行，并最终在菩提树下悟道成佛。在西游世界中，他是西天佛祖，洞悉万物，法力无边。可以说三界之中，几乎没有他解决不了的问题。

越越：佛祖，佛祖，为什么别的神仙都认不出六耳猕猴，只有您认得出来呢？

如来：那些神仙虽然法力广大，能知道世间万事，却不能辨别世间万物，也不知世间万物的种类。

越越：哦，请问都有哪些种类呢？

如来：天地人神鬼，蠃（luǒ）鳞毛羽昆（"蠃鳞毛羽昆"是古人对动物的总称）。

越越：那六耳猕猴是属于哪一类？

如来：这厮非天非地非人非神非鬼，非蠃非鳞非毛非羽非昆，哪一类都不是。

越越：嗯？难道是从外太空来的？

如来：非也，非也。世间万物除以上十类外，还有四大猴类：灵明石猴、赤尻（kāo）马猴、通臂猿猴、六耳猕猴。这四种猴子各有各的本事，有的善于变化，有的长生不死，有的能颠倒乾坤。而这六耳猕猴，善于聆听，能知道世间万事，所以他才变化成悟空的样子，妄图来西天

明星来了

取经。

越越： 变成悟空的样子容易，可他哪来的金箍棒呢？

如来： 那也是他变的。

越越： 为什么连紧箍儿都有呢？

如来： 没有紧箍儿，是他装的。

越越： 为什么连照妖镜都照不出来呢？

如来： ……

越越： 就算照妖镜照不出来，为什么两个悟空连本事都一样呢？

如来： ……

越越： 佛祖，您说会不会……两个悟空都是真的呀？

如来： ……

越越： 也许六耳猕猴就是悟空，悟空就是六耳猕猴，所以大家才都瞧不出来。您看，悟空原本是花果山上的美猴王，玉帝亲封的齐天大圣，天生行为不羁，无拘无束，可自打保唐僧西天取经以来，就被一个凡人用紧箍儿管着，心里肯定不大服气。更可气的是，唐僧动不动就骂他，念紧箍咒，给了他不少气受。以他的个性，怎么受得了？于是一时走火入魔，就分裂出一个六耳猕猴来造反了。

如来： 这么说，造反的还是悟空？

越越： 正是他。

如来： 既然如此，我为何没瞧出来呢？

越越： 您哪是没瞧出来呀，您早就瞧出来了，故意替悟空瞒着呢。这西天路上，少了八戒、沙僧都不要紧，唯独少了悟空不行。所以您为了保他，故意编个六耳猕猴的谎言来混淆众人视线。还有什么四大猴类，我看都是佛祖您胡说八道的吧。

如来：（忍无可忍）这厮太无礼了，八大金刚何在？

越越： 佛祖我错了——我错了——救命——

头上不是包包，是肉髻

记者穿穿：金刚是干什么的？

如来：金刚是我佛教的护法，职责是保护修行者专心修行，不受妖魔侵袭。

鹏魔王：孙悟空头上的紧箍儿怎么取下来？

如来：不用取，等他修成正果，一朝成佛，箍儿自然就消失了。

莲花妖：佛祖，您结过婚吗？

如来：出家前结过。

刘小二：如来是您的名字吗？

如来：非也，非也。世人多有误解，以为我的名字就叫如来。其实"如来"不是一个名字，而是一种称号。佛一共有十种称号，如来只是其中的一种。因此称如来的并不只我一个，还有药师如来、弥勒如来等。只因我是佛祖，所以大家都直接称我如来，其实你可以叫我释迦如来。

小白龙：您头上的包包是被谁弹的？

如来：这不是包包，是肉髻。我门中弟子功德圆满后，会生出三十二种法相来。头上生肉髻，便是三十二相之一。

广告悟

唐僧的祷祝词

弟子唐三藏，东土大唐人，奉皇帝旨意，去西天取经。路过此地，恰逢强盗结群，我劝你们向善，你们不听，被我徒弟悟空一棒打死，可怜做了孤魂野鬼。我心生怜悯，给你们念经，你们到了阴曹地府，切莫告我。

——唐僧

悟空的祷祝词

遭瘟的强盗，你们听着！随便你们到哪里去告，俺老孙都不怕。玉帝认得我，天王听我话；二十八星宿怕我，各地城隍跪我；阎王是我仆从，邪神是我后生。不管天上地下，都跟我有情分，随便你们到哪里去告！

——悟空

告诫悟空

告诫悟空：强盗虽然是恶人，可毕竟与妖怪禽兽不同，到底还是人身，不该打死。打死妖精，是你的功绩；打死凡人，则是你的不仁。此次西行，再不可随意伤人。切记切记。

——观音菩萨

第15期 三借芭蕉扇

本期关注

西天必经路上,有一座绵延八百里的火焰山,山上终年燃烧着熊熊烈火,叫人无法靠近。而过火焰山唯一的办法,就是找红孩儿的母亲铁扇公主借芭蕉扇。可是俗话说,仇人相见,分外眼红。铁扇公主又怎肯轻易借出芭蕉扇呢?

顺风快讯

八百里火焰山，阻挡西天去路
——来自火焰山的快讯

（本报讯）最近，唐僧师徒四人一路还算太平，不见妖怪挡道，也不见神仙刁难，只是走着走着，被一座火焰山阻挡了去路。

火焰山绵延八百里，山上燃着熊熊烈火，日夜不息。人站在几十里外的地方，就热得透不过气来。若要硬闯过去，就算是被八卦炉炼过的孙悟空，也要被烧得外焦里嫩。肉体凡胎就更不用说，只怕还没走到山脚下，就化成汁了。

怎么办？取经路都走了一大半了，难道就此打道回府吗？

这时，有人教了他们一个办法，说离火焰山一千多里的地方，有座翠云山，山上有个芭蕉洞，洞里住了一个铁扇公主，她有一把芭蕉扇，扇一下熄火，扇两下起风，扇三下下雨，专克火焰山。

不过，这个铁扇公主不是别人，正是牛魔王的妻子，红孩儿的母亲。

要知悟空能否顺利借到芭蕉扇，扇熄火焰山之火，请您关注本报记者的后续报道。

现场追踪

借扇子不成，反被扇飞了

既然来了，那就硬着头皮上吧。悟空走到芭蕉洞门口，恭恭敬敬地向小妖通报了姓名。

铁扇公主一听孙悟空来了，气不打一处来："这泼猴，居然还敢来！"说完，她取了披挂，拿起两口青锋宝剑，跳到洞外。

悟空上前作了个揖："嫂嫂，老孙有礼了。"

铁扇公主呸了一声："谁是你嫂嫂，你这泼猴，害了我孩儿，还敢来借芭蕉扇！"

悟空满脸赔笑说："嫂嫂，你错怪老孙了。令郎如今得了正果，正给观音菩萨做善财童子呢。你不谢我老孙，怎么反倒责怪起我来了？"

铁扇公主恨恨地说："泼猴，少在这里花言巧语。你伸过头来，让我砍三剑，我就把扇子借给你。"

悟空笑嘻嘻地走上前，伸着脑袋说："只要嫂嫂肯借扇子，随便砍多少下。"

铁扇公主双手举起宝剑，照着悟空的脑袋，乒乒乓乓砍了十几下，却没有伤到悟空一根毫毛。铁扇公主害怕了，转身要跑。悟空大喝一声："嫂嫂，哪里去？快借我扇子用用！"铁扇公主慌忙取出芭蕉扇，朝悟空使劲一扇，把他扇得无影无踪。

悟空在风中飘飘荡荡，滚了一夜，直到天亮时分，才抱住一块石头停下来。他仔细一看，才发现原来到了灵吉菩萨的小须弥山。

灵吉菩萨听说悟空到了，连忙出来迎接："大圣，不知何事大驾光临？"悟空便把路遇火焰山，找铁扇公主借扇子不成，反倒被扇飞的事情说了一遍。

现场追踪

灵吉菩萨笑着说:"那芭蕉扇可是个了不得的法宝。人被它扇一下,要飘八万四千里。我这里离火焰山五万多里。要不是大圣神通广大,还要飘得更远哩。"

悟空叫苦说:"厉害厉害。只是我师父要怎么过火焰山?"

灵吉菩萨说:"放心,我这里有一粒定风丹。你把它放到身上,铁扇公主就扇不动你了。"说完,她取出一粒定风丹,替悟空缝到衣领里。

悟空拜谢了灵吉菩萨,驾上筋斗云,顷刻间又到了芭蕉洞口,大喊开门。

铁扇公主在洞里听了,吓了一跳,又提着剑走出来,说:"孙悟空,你又来找死了?"

悟空笑着说:"嫂嫂不要小气,把扇子借我用用。"

铁扇公主举起芭蕉扇,对着悟空用力一扇。悟空一动不动,笑眯眯地说:"这次随你扇,老孙要是动一动,就不算好汉。"

铁扇公主又扇了两下,见悟空还是不动,慌了,急忙收起扇子,跑回洞里,关紧了大门。

看来这把扇是相当难借了,现在孙悟空要怎么处理呢?请看记者的追踪报道。

现场追踪

现场追踪

借了把假扇子，猴屁股差点被烧焦

见铁扇公主关紧大门，不肯出来，悟空摇身一变，变成一只小虫子，从门缝里钻了进去。只听铁扇公主大叫："渴了，渴了，拿茶来，拿茶来。"

丫鬟赶紧沏了一壶香茶，斟了一碗呈上来。悟空大喜，一头扎进茶沫里。铁扇公主渴得慌，没细看，三两口就喝光了。

悟空到了铁扇公主肚子里，现出原形，高声叫道："嫂嫂，把扇子借我用用！"

铁扇公主大惊失色，问："孙悟空，你在哪里装神弄鬼？"

悟空笑着说："嫂嫂，我在你肚子里哩。"说完，他把脚一蹬，把头一顶，疼得铁扇公主面黄唇白，满地打滚，直叫："孙叔叔饶命！"

悟空这才住手，说："看在牛大哥的面子上，先饶你一命。快把扇子借我用用！"

铁扇公主慌忙说："有扇子！有扇子！"忙叫丫鬟取芭蕉扇来。

悟空又变成一只小虫子，飞出来一看，果然有把扇子，于是他现出原形，拿了扇子就走，嘴里说："多谢！多谢！"

悟空欢欢喜喜地扛着扇子，一个筋斗翻到火焰山下，举起扇子，用力一扇，火光腾地而起。再一扇，火光强了百倍。又一扇，火光飞起千丈高，向悟空猛扑过来。悟空急忙往回跑，可还是烧光了屁股上的毛。

悟空这才知道上当了，原来铁扇公主给他的扇子是假的！

 现场追踪

猴王变身牛魔王，骗走宝扇

悟空扇子没借到，反把屁股上的毛烧光了，正一筹莫展，忽然灵光一现："牛魔王是铁扇公主的丈夫。要是能说动他，不愁借不到芭蕉扇。"

悟空兴冲冲地奔往积雷山，找到牛魔王，把借扇子的事情说了一遍。

谁知牛魔王听了，破口大骂："你这泼猴，先是害了我孩儿，如今又欺负我夫人。泼猴，吃我一棍！"说完，牛魔王举起混铁棍就打。

"哎呀，你这牛头！"

"泼猴，吃我一棍！"

俩人正打得难解难分，忽然听到山上有人叫："牛爷爷，我家大王请你去喝酒呢。"

牛魔王收起混铁棍，叫道："泼猴，且住手。等我去赴一个宴会，回来再跟你打。"说完，牛魔王进洞换了衣裳，跨上避水金睛兽，去赴宴了。

悟空变成一道清风，尾随牛魔王来到一个老龙精的宫殿，见牛魔王正在里面和一条老龙喝酒呢，避水金睛兽被拴在一边。

悟空心想："老牛在这里贪杯，不知要等到什么时候。就算打赢了，他也不一定帮我借扇子。不如我偷了他的坐骑，变成他

现场追踪

的样子，去哄哄铁扇公主。"于是他变成牛魔王的样子，解开避水金睛兽的缰绳，大摇大摆地来到了芭蕉洞口。

铁扇公主一听牛魔王回来了，滴着眼泪向牛魔王诉苦："大王，你不在家的这些日子，可苦了我了。前两天，孙悟空打上门来，要借芭蕉扇，我不肯，他不知用了什么法子，钻进了我的肚子里，差点要了我的命！我害怕极了，只好把扇子给了他。"

悟空听了，假装捶胸顿足地说："可惜呀，可惜！夫人，你怎么把扇子借给了他了？"

铁扇公主破涕为笑，说："大王放心，我给他的是一把假扇子，真扇子还在我这里。"

悟空忙问："真扇子在哪里？"

铁扇公主笑嘻嘻地张开嘴，吐出一把杏叶大小的扇子，递给悟空："这不是芭蕉扇？"

悟空接在手里，看了半天，问："这么一把小小的扇子，如何能扇灭八百里火焰山？"

铁扇公主笑着说："大王离家太久，连自家宝贝的事情都忘了？只要念一声咒语，这宝贝能长一丈二尺高呢。"说完，铁扇公主将咒语告诉了悟空。

悟空大喜，收起芭蕉扇，把脸一抹，高声叫道："铁扇公主，你看我是谁？"铁扇公主一看是悟空，又羞又怒，喊道："气死我了，气死我了！"

悟空才不管她呢，迈开大步，径直出了芭蕉洞，一路朝火焰山奔去。

你骗我，我也骗你

再说牛魔王，在潭底吃饱喝足了，正要回家，忽然发现避水金睛兽不见了，料定是猴子偷了，急忙驾上云，一路到了芭蕉洞口，只听铁扇公主在洞里捶胸顿足，大呼小叫。一问，扇子果然被猴子骗走了。

牛魔王咬牙切齿地说："夫人，莫要烦恼。等我追上那泼猴，把扇子要回来！"说完，牛魔王便驾云去追悟空。

牛魔王追了一会儿，渐渐追上了悟空。只见悟空扛着一把一丈多高的扇子，正缓缓踏云前行。原来，悟空骗到芭蕉扇后，忍不住心中得意，把咒语念了一遍，扇子陡然变得一丈二尺长。可他不会变小的咒语，只好把扇子扛在肩上。

牛魔王灵机一动，变成猪八戒的样子，迎着悟空喊："大师兄，大师兄。"

悟空正得意扬扬，哪里提防，问道："八戒，你去哪里？"

牛魔王说："师父怕你打不过牛魔王，叫我来帮你。"

悟空笑着说："不用，不用，芭蕉扇已经到手了。"

牛魔王说："大师兄辛苦了，扇子给我来背吧。"

悟空把扇子递给了牛魔王。牛魔王接过扇子，念了个咒语，将扇子依旧变成杏叶大小，含进嘴里，现出原形，大骂道："泼猴，还认得我吗？"

悟空一看，悔得捶胸顿足："我老孙打了一辈子大雁，今天却被小雁啄了眼睛。"说完，悟空举起金箍棒就打，俩人顿时斗成一团。

现场追踪

曾经的兄弟，今日的仇敌

牛魔王和悟空棋逢对手，打得难解难分。这时，八戒拖着钉耙赶来了："大师兄，我来了！"

悟空恨恨地说："你这呆子，坏了我多少大事！"

八戒不解地问："师父叫我来接你，怎么坏你大事了？"悟空便将牛魔王变作八戒的模样，骗走芭蕉扇的事情说了一遍。

八戒一听大怒："老牛，你这个遭瘟的，竟敢变成你祖宗的模样，挑拨我们兄弟的感情！"八戒冲上前，举起钉耙一顿乱打。牛魔王与猴子斗了一天，已经疲了，见八戒的钉耙凶猛，转身就逃。猴子和八戒追上前去，又是一顿厮杀。

现场追踪

牛魔王招架不住，丢了混铁棍，现出本相。原来是一头牛，两角像铁塔，牙齿像钢刀。从头到尾，足足有一千多丈长，八百多丈高。

悟空也现出原形，喊一声："长！"长得身高万丈，脑袋像泰山，眼睛如日月，嘴巴像血池，牙齿似门扇。

悟空拿起金箍棒，对着他的头就打。牛魔王胆战心惊，硬着头皮拿角来触。二人你来我往，打了一天一夜，竟然惊动了天庭中的神仙，大家都纷纷来帮悟空的忙。

哪吒取出风火轮，挂在牛魔王角上，用嘴一吹，烈焰滚滚，烧得牛魔王哞哞叫。牛魔王正要逃走，李天王拿出照妖镜，将他定在那里，动弹不得。牛魔王只得跪地求饶。

哪吒问："扇子在哪里？"

牛魔王说："在我夫人那里。"

哪吒走上前，用缚妖绳穿了牛鼻，把他牵到芭蕉洞口。铁扇公主一看牛魔王变成了这副德行，赶紧出来，双手献上芭蕉扇。

悟空谢了各位天兵天将，拿了芭蕉扇，三下两下扇灭了火焰山上的火，继续西行。

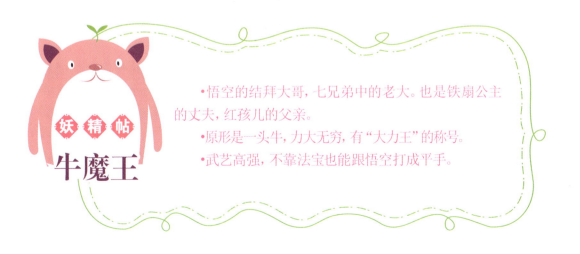

妖精帖 牛魔王

- 悟空的结拜大哥，七兄弟中的老大。也是铁扇公主的丈夫，红孩儿的父亲。
- 原形是一头牛，力大无穷，有"大力王"的称号。
- 武艺高强，不靠法宝也能跟悟空打成平手。

西游茶馆

火焰山的火是谁放的？

> 你们知不知道，火焰山上的火到底是哪个缺德鬼放的呀？
> ——青衣仙女

> 嘻嘻，你以为这火是谁放的？告诉你，不是别人，正是唐僧的大徒弟孙悟空！
> ——天兵甲

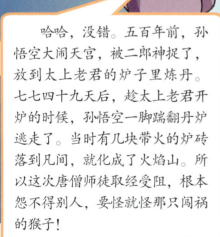

> 哈哈，没错。五百年前，孙悟空大闹天宫，被二郎神捉了，放到太上老君的炉子里炼丹。七七四十九天后，趁太上老君开炉的时候，孙悟空一脚踹翻丹炉逃走了。当时有几块带火的炉砖落到凡间，就化成了火焰山。所以这次唐僧师徒取经受阻，根本怨不得别人，要怪就怪那只闯祸的猴子！
> ——天兵乙

> 是啊，我也是这件事情的受害者之一。我本来是个仙童，负责在兜率宫里看炉子。大圣大闹天宫的时候，一脚踢翻丹炉，太上老君怪我失职，把我贬到凡间，做了土地。唉，凡间哪有天上好，真怀念在天庭的日子啊。
> ——火焰山土地

八戒日记

×年×月×日　　天气：不好说　　心情：

芭蕉扇果然是好宝贝

跟牛魔王缠斗这么久，今天总算把扇子弄到手了。这芭蕉扇果然是好宝贝。我大师兄只一扇，山上的火光就眼看着消了。再一扇，扇来一阵凉风。再一扇，扇来满天乌云，蒙蒙细雨，太舒畅了。

只是那个铁扇公主，不知道怎么回事，一直站在那里不肯走。我大师兄问她怎么还不走，她反而跪下来跟我们要扇子。

这个女人，饶了她性命还不知足，居然还想讨回扇子。我们不会把扇子拿过山去，找个地方卖了买点心吃？费了这么多精力弄到手，又白白还给她，哪有这样的好事？

我就说不给。铁扇公主不死心，又磕头，说大师兄当初找她借扇子的时候，说过扇熄了火就还她。还说她已经知道悔改了，求我们把扇子还给她，她好拿去修身养性。

我大师兄的心肠软，听了这话，真把扇子还给她了。不过在还扇子之前，大师兄留了个心眼，问她怎么把火扇断根，免得这火焰山再害人。那铁扇公主说，只要连扇七七四十九下，就能断绝火根。于是我大师兄就朝山头连扇了四十九下，把火焰山的火彻底扇熄了，还扇来了一场大雨哩。

说来也奇怪，有火的地方下雨，没火的地方天晴。我们坐在没火的地方，就不会被雨淋湿，这种感觉真奇妙。

这芭蕉扇果然是个好宝贝呀，就这样还给了铁扇公主，我老猪还真有些不甘心哩。

（作者　猪八戒）

特约嘉宾：铁扇公主

嘉宾简介： 铁扇公主，又叫罗刹女，从小在山里修行，是一位得道女仙。后来嫁给牛魔王为妻，生了一个儿子叫红孩儿。

越越：公主您好，请问您与牛魔王的夫妻感情怎么样？

铁扇公主：我们夫妻和睦，感情很好。

越越：嗯？那他怎么还出去找玉面狐狸，连家都不回？

铁扇公主：（咬牙切齿）还不是那个狐狸精勾引他！仗着年轻漂亮，勾引别人老公，真不要脸！呸！

越越：（被喷了一脸口水）公主息怒，公主息怒。听说玉面狐狸已经被猪八戒一耙打死了，您应该也解恨了吧。

铁扇公主：嗯，稍微解恨了一点。

越越：玉面狐狸既然已经死了，您家老牛也该回家了吧。（四处张望）牛魔王呢？怎么没见着他？

铁扇公主：（悲从中来）我家老牛呀，早被人牵走了！

越越：啊，被谁牵到哪儿去了？

铁扇公主：那次我家老牛被打急了，说情愿皈依佛门，然后就被牵到西天去了，到现在还没回来，也不知还回不回得来。唉，我真命苦啊，儿子被观音菩萨带走了，老公又被如来抓走了……我家是怎么招惹他们了，怎么那帮人老是跟我家过不去？

明星来了

越越：话说我也觉得奇怪。您儿子跟在观音菩萨身边，倒还说得通，因为是他先打唐僧的主意。可您家牛魔王，没招谁也没惹谁，只是不肯借扇子而已，怎么天庭跟佛界都来收服他。

铁扇公主：我老公武艺高强、神通广大，那些神仙看不惯，就想对付他。

越越：嗯，您家牛魔王确实挺有本事的。记得当初悟空做妖怪时，七兄弟结拜，都认您家牛魔王做大哥哩。

铁扇公主：（放声大哭）难道本事大也有错吗？

越越：呃，站在天庭和佛界的角度，放任一个本领通天的妖怪在下界逍遥，应该不是很放心。

铁扇公主：所以他们就要收服老牛？

越越：呃，这只是我的推测。有机会我帮您问问如来佛祖吧。您也别太难过了，往好的方面想，如今您老公跟儿子都皈依了佛门，若能修成正果，也是件大大的好事呀。不管成菩萨成佛，都比做妖怪强吧。

铁扇公主：（滴泪）你说的也有道理。做妖怪虽然自在，可每天都提心吊胆的，说不定哪天就跟我家老牛一样，被天庭佛界收走了。

越越：呃，这话听起来……怎么好像天庭跟佛界仗势欺人似的。哎，总之，不管做神仙还是做妖怪，最重要的是开心。您要想开一点。对了，您今后一个人有什么打算？

铁扇公主：我打算在山中隐居修行。

越越：修道还是修禅？

铁扇公主：我老公跟儿子都皈依了佛门，我自然也修禅。

越越：这样啊，那好吧，我就不打扰您了，祝您早日修成正果，和他们团圆，再见。

铁扇公主：再见。

（后续报道：铁扇公主潜心修炼，后来果然修成正果，在经卷中万古留名。）

明星问答

既是女仙，又是女妖

枫树精：你到底是女妖还是女仙啊？

铁扇公主：说女仙也可，说女妖也可。我跟那孙悟空一样，都是自己修的道，只是还没得成正果罢了。

白鹦哥：你为什么叫铁扇公主？你到底是哪个国家的公主啊？

铁扇公主：我愿意叫公主就叫公主，愿意叫女王就叫女王，你管我？

玉兰小姐：你长得这么漂亮，干吗嫁给牛魔王啊？

铁扇公主：嫁给老牛有什么不好？老牛力气大，本领高，在妖界可受欢迎了呢。

李家丫头：你爱牛魔王吗？

铁扇公主：他是我丈夫，我当然爱他。

王媒婆：听说你还有一个名字，叫"罗刹女"，是什么意思啊？

铁扇公主：呵呵，罗刹是一种吃人的恶鬼。罗刹女就是凶得跟恶鬼一样的女人。

草精幺幺：为什么你的芭蕉扇能灭三昧真火？

铁扇公主：我这芭蕉扇，是开天辟地之后，天地生成的一个法宝。要是连三昧真火都灭不了，还能叫法宝吗？

广告栏

借扇子须知

听着,凡是来借扇子的,必须准备四猪四羊、新鲜蔬果、鸡鹅美酒若干做礼物。还得虔诚沐浴,来我洞口拜求。也许我能大发慈悲,暂时扇熄火焰山上的大火,让你们这些凡人得以耕种收割,不至于活活饿死。

——铁扇公主

出售正宗的火焰山糕点

火焰山糕点有几大特点:①粮食来之不易,糕点也得之不易。②永远是热气腾腾的。③唐僧师徒吃了都说好。要想吃到正宗的火焰山糕点,请来本店购买,绝对货真价实,童叟无欺。

——火焰山糕点铺

教授避火诀

贫道有避火诀一套,学成之后,再也不怕雷打火烧,轻轻松松就能过火焰山,有兴趣的快来报名学习。前十位报名者,还可免费学一套护身法哟。

——道士阿三

第 16 期 唐僧扫塔

本期关注

唐僧曾经许下誓言，西行路上，逢庙烧香，遇寺拜佛，见塔扫塔。刚好师徒四人走到祭赛国，遇到一座金光寺，寺里有座宝塔。唐僧为了履行誓言，要上去扫塔。可是，这三更半夜的，不会扫出什么奇怪的东西吧？

金光寺和尚的冤屈

——来自金光寺的加密快讯

（本报讯）过了火焰山，唐僧师徒便到了祭赛国。刚进城，便碰到了一群和尚。这群和尚穿得破破烂烂，还戴着枷锁，正挨家挨户乞讨。唐僧诧异，叫悟空过去一问，这一问，又问出了大事。

原来，他们都是金光寺的和尚。金光寺是祭赛国的一大宝寺。寺里有一座宝塔，塔上终日祥云笼罩，霞光缭绕。周围一些国家看到了，都认为是神迹，纷纷前来朝贡，国王也很引以为豪。谁知三年前的一个夜晚，突然下了一场血雨，将宝塔弄脏了。从那之后，宝塔再也不放光了，四周的国家也再不来朝贡了。

国王很恼火，叫官员去查是谁偷了塔里的宝贝。那些官员昏庸无能，查不出来，逮住寺里的和尚硬说宝贝是他们偷的，每天对他们严刑拷打。

听完事情的经过，唐僧心酸不已。大家都是和尚，眼看同门受冤，他怎能坐视不管？唐僧师徒能找出真正的小偷，为和尚们洗清冤屈吗？敬请关注记者接下来的报道。

现场追踪

扫塔扫出两只小妖

天色已黑,师徒四人决定在金光寺休息一夜。

沐浴后,唐僧对悟空说:"悟空,我去扫扫塔,看能不能扫清塔里的污秽,为这群和尚沉冤昭雪。"

悟空不放心,说:"这塔被血雨淋过,恐怕藏了妖怪。师父,我陪你一起上去吧。"

师徒二人各拿一把扫把,从第一层扫起,扫一层,上一层。这塔一共有十三层,一层一层地扫,十分累人。

扫到第十层的时候,唐僧腰酸背痛,实在扫不动了,坐到地上说:"悟空,你帮我把那三层扫了吧。"

悟空一口答应,抖擞精神,一口气扫了两层。正扫着,忽然听到塔顶有人说话。悟空觉着奇怪,这半夜三更的,塔顶怎么有人说话,会不会是妖怪呢?悟空驾云到半空一看,只见第十三层塔心里果真坐着两个妖怪,他们正猜拳喝酒呢。

悟空丢了扫把,取出金箍棒,往塔门口一站:"好哇,原来是你们两个偷了塔上的宝贝!"

两个小妖吓得跪在地上,连喊:"饶命!饶命!宝贝不是我们偷的,偷宝贝的另有其人。"

原来,这两个小妖是碧波潭万圣龙王派来的,万圣龙王有个女儿,叫万圣公主,前几年招了个九头驸马,神通广大。

三年前,九头驸马和龙王一合计,下了场血雨,偷走了塔中的佛宝舍利子。

现场追踪

大战九头虫

第二天一早,八戒揪住一个小妖,沙僧揪住一个小妖,师徒四人进宫去拜见国王,将真相说了一遍。国王大喜,立刻下令释放了金光寺的和尚,又摆了一桌丰盛的素席招待唐僧师徒。

席间,国王问:"圣僧,如何才能捉住那妖怪,归还我国宝?"

唐僧说:"叫我的大徒弟孙悟空去。"

八戒忍不住叫道:"我跟大师兄一起去,管保手到擒来。"

兄弟俩说着,抓起两个小妖,腾云而起,眨眼到了碧波潭,让两个小妖去潭底通报。

老龙王一听齐天大圣孙悟空来了,吓得魂飞魄散。九头驸马却笑着说:"岳父放心,看我去降他。"说完,他取了一柄月牙铲,奔出来问:"哪个是齐天大圣?"

悟空举起金箍棒,一棒打来。俩人你来我往,打了三十多个回合,不分胜负。八戒在一旁看了,心里痒痒,绕到妖怪背后,举耙就打。谁知妖怪长了九个脑袋,九双眼睛,看到八戒的钉耙来了,急忙躲过,又在地上一滚,现出本相,原来是个九头虫。

九头虫飞到半空,伸出一个头来,一口叼住八戒的鬃毛,把他拖到碧波潭里不见了。

悟空见八戒被捉,摇身一变,变成一只螃蟹,跳进潭里。只见潭底有座金碧辉煌的宫殿,老龙王一家正在喝庆功酒,几个虾精蟹精在一边玩耍。

悟空爬到廊下,见八戒被绑在柱子上直哼哼,便用钳子剪断绳索,又使了个隐身法,去大殿给八戒偷来九齿钉耙。

现场追踪

八戒拿起钉耙说:"哥哥你先走,等我老猪打进大殿。若赢了,就捉住他们一家;若输了,就把他引到岸上,让你打。"

悟空大喜,交代八戒要小心,便爬出水面。

八戒大喊一声,举起钉耙,冲进大殿,老龙王一家被打了个措手不及,慌忙东躲西藏。八戒一顿钉耙,将门窗桌椅都打烂了,酒杯碗碟也都打碎了。

九头虫大怒,取来月牙铲,冲上去跟八戒对打。老龙王也领着一群龙子龙孙、虾兵蟹将助阵。八戒眼看打不过了,急忙收起钉耙往外跑,老龙王领着一群小妖紧追出来。

悟空在岸上等了半天,忽然见老龙王追出来了,大喊一声:"妖怪,别跑!"一棒下去,把老龙王打死了。九头虫大惊,急忙收了老丈人的尸体,躲回潭底了。

找死!

哎哟,还挺厉害!

现场追踪

大圣小圣联手捉妖

悟空和八戒两个，正在岸上商量怎么捉妖，忽然狂风大作、浓雾滚滚，有什么东西往南边去了。仔细一看，原来是二郎神领着梅山六兄弟打猎回来了。

悟空对八戒说："要是请二郎神来助阵，一定能拿下妖怪。"

八戒急忙说："那快去请啊。"

悟空为难地说："我以前被他捉过，不好意思见他，你先去替我通报通报吧。"

八戒急忙跳上云头，上前拦住二郎神等人，大声叫道："二郎真君，请留步，齐天大圣要见你呢。"

二郎神听了，急忙停住车马，带梅山六兄弟来见悟空。二人寒暄了一会儿，悟空将九头虫的事情说了一遍，二郎神答应帮忙。几个人一商量，还是由八戒去水里引九头虫出来。

八戒跳进潭水里，二话不说，又是一顿钉耙打，把宫殿里的东西打得七零八落。九头虫大怒，取了月牙铲，领着龙子龙孙杀过来。八戒边打边退，跳出水面。岸上的悟空、二郎神和梅山六兄弟见了，一拥而上，把一伙龙子龙孙收服了。

九头虫一看，又现出本相，飞到半空中，伸出一个头来，要咬二郎神，却被哮天犬赶上前，汪的一口，把头咬了下来。九头虫痛得大喊一声，逃往北海去了。

悟空和八戒跳进潭里，找到舍利子出了水面，谢了二郎神和梅山六兄弟，将舍利子送回了金光寺。

现场追踪

猴子就是爱面子

孙悟空以前去天庭请救兵，也没见他这么别扭啊，怎么一遇到二郎神，就变得扭扭捏捏起来了？说什么不好意思见人家，还要猪八戒先替他通报通报。这不像齐天大圣的作风啊。

——日游神

哈哈，你不知道，这只猴子是出了名的爱面子、爱显摆，不然当年怎么会嫌弃弼马温的官职太低，自己封了个齐天大圣呢？

——夜游神

是啊，这事到现在他还耿耿于怀呢。你要是骂他，骂别的都行，就是千万别骂他弼马温，不然你就等着挨棒子吧，哈哈。

——北斗星君

嗯嗯，不过猴子虽然爱面子，但不死要面子，该放低姿态的时候，还是会放低姿态的。比如唐僧被妖怪抓走的时候，猴子到处求爷爷告奶奶，什么面子都顾不上了，哈哈。

——黄角大仙

飞龙传信

我们一家好惨啊

穿穿老师：

你好，孙悟空那伙人害得我们一家好惨啊。他们把我老公万圣龙王打死了，把我孩儿打死了，把我女婿打成重伤，最后连我这个孤老婆子都不肯放过，还把我抓去见国王。

我见到国王，老老实实地把事情说了一遍，可他们还是不肯放过我，用铁索穿了我的琵琶骨，把我拖到金光寺，锁在塔心的柱子上，叫我看宝塔。

穿穿老师，你说我跟那猴子有什么仇，他灭我全家不说，还抓我来守塔。你一定要为我主持公道啊。

碧波潭龙婆

龙婆：

虽然我很同情你，但我还是要站在正义的一方。若不是你老公万圣龙王跟女婿先挑起事端，你们一家也不会招来灭门之祸。而你虽然没有直接参与这件事，但也是窝藏犯。大圣抓你去守塔，也不算冤枉你。

以我对大圣的了解，他以往见了不顺眼的，都是二话不说，一棍子打死的。如今他留你一条性命，只叫你去守塔，已经很不容易了。听说他还特意吩咐了土地爷爷，每三天送一顿饭给你吃呢。

我想，经过那场六耳猕猴事件后，大圣的确变得慈悲了很多。所以你就不要再抱怨啦，留得青山在，不怕没柴烧，你在塔里好好思过个几百年，说不定哪天就被放出来了呢。

《西游记》编辑　穿穿

神仙的日常生活

凡人都羡慕神仙,认为神仙什么都不用干,整天到处乱飞,日子过得逍遥又自在。那么,神仙真的有那么逍遥吗?他们的日常生活是怎样的呢?

事实上,神仙除了法力高强一点,跟人类并没有多大区别。每个神仙都有自己的职务。比如有的小神仙,被分配去守南天门,就跟人间的侍卫差不多。有的小神仙,要伺候王母娘娘,给王母娘娘梳头、更衣、摘蟠桃,等等,相当于人间的婢女。

等级高一点的神仙,像二十八星宿,也要轮流值班,没有玉皇大帝的旨意,不得擅离职守,否则一旦被发现,就要受到惩罚。

等级再高点的神仙,像太白金星、托塔天王等,在天庭的地位相当于臣子,主要负责为玉皇大帝分忧解难等。

就算是玉皇大帝,也要尽心治理天庭,维护三界的秩序,还要想办法跟西天搞好外交关系。

总之,神仙跟人类一样,都有自己的工作要做。每天按时上班下班,睡觉吃饭,绝不像人们想象的那样,每天无所事事,到处乱飞。

当然,也有逍遥的神仙,不在天庭任职,不受任何束缚。他们一般隐居在名山大川中,或者四处云游。这种神仙由于没有正式编制,所以拿不到天庭的俸禄和福利,更没有升迁的机会,因此在神仙中只占极少数。

特约嘉宾：唐僧

嘉宾简介：在取经队伍中，他是唯一的领导者，也是战斗力最差的一个。而且他警惕性很低，总是轻易相信妖怪。由于长得俊俏，还常常引来女妖怪的觊觎。他的最大优点是意志坚定，不论是恐吓威胁，还是美色诱惑，都不能动摇他的西天取经的决心。

越越：唐长老，听说前几天，您被一个土地爷爷抓走了？

唐僧：（囧）南无阿弥陀佛。不是土地爷爷，是妖怪。

越越：嘿，我就说嘛，这土地胆子也忒大了，原来是妖怪啊。您能跟我们详细说说吗？

唐僧：可以啊。记得那天我们离开祭赛国后，走了没多久，便遇到了一条长岭。岭上长满荆棘，就叫荆棘岭。我们师徒四个在岭上走了一天一夜，到傍晚时分，忽然看到一座古庙……

越越：（忍不住插嘴）这荒山野岭的，怎么会冒出一座庙来，我看多半有古怪。

唐僧：小记者，你很有先见之明啊。那庙里走出一个老者，说自己是荆棘岭上的土地，要请我们吃蒸饼。

越越：呵呵，这妖怪居然冒充土地，以为孙大圣的火眼金睛是白长的吗？

唐僧：对呀，悟空一眼看出他是个妖怪，要拿金箍棒打他，可惜迟了一步。那妖怪不知使了个什么法术，我只觉得脚下一轻，人就飘起来了。

越越：飘到哪儿去啦？

唐僧：我也不知道啊，落地之后，我只看到一座仙气缭绕的石屋，上面写着木仙庵三个字。

明星来了

那老者趁机骗我说他是个老神仙，名叫十八公，号劲节。

越越：呃，那您信了？

唐僧：（羞愧地点点头）信了。

越越：奇怪，那妖怪干吗骗您，您徒弟又不在，直接吃了您不是更方便？

唐僧：他们并没有吃我的意思。

越越：那他们想干吗？

唐僧：那木仙庵里还有三个老者，一个号孤直公，一个号凌空子，一个号拂云叟。他们都说久仰我的大名，跟我在庵里谈了一夜的诗。

越越：哦，好一群风雅的妖怪，到嘴的唐僧肉不吃，居然跟您谈诗？那后来呢？

唐僧：（皱眉）本来我们谈得很投机，可天快亮的时候，来了一个自称"杏仙"的女子……

越越：唐长老怎么不接着往下说了？嘻嘻，莫非这女子对您有意思？

唐僧：（脸红，不作声）……

越越：那唐长老对她可有意？

唐僧：（正色）贫僧一心向佛，绝无二意。

越越：哈哈，开玩笑的啦。我当然知道唐长老不会动心啦，连女儿国国王您都没动心，更何况是个妖怪。不过，妖怪可没国王那么有教养，您不从她，不怕她翻脸吗？

唐僧：那妖怪的确难缠，好在这时候天亮了，我的三个徒弟找了过来。只见那四老跟杏仙晃了一晃，就都不见了。

越越：跑啦？

唐僧：一开始，我也以为他们跑了。后来我那三个徒弟一找，找到一座石崖，崖上有"木仙庵"三个字。再一看，石崖前还有一棵大桧树，一株老柏，一株老松，一株老竹，一株老杏。

越越：哈哈，原来是几棵古树成精吗？

唐僧：是的。

越越：那你们是怎么处置他们的？

唐僧：我原本不想伤他们性命，谁知我二徒弟发起呆来，用钉耙把树都推倒了。贫僧想阻拦已经晚了。

越越：（倒吸一口凉气）啧啧，那几个妖怪可没害您啊。

唐僧：（低头念佛）南无阿弥陀佛。

越越：……

明星问答

一路吃喝全靠化缘

白鹦哥：唐长老，您今年贵庚啊？

唐僧：贫僧今年四十了。

巨灵神：听说您动不动就骂人，作为一位高僧，修炼得还不够啊。

唐僧：贫僧一般不骂人，只骂妖怪（原来在唐长老眼里，悟空竟然也是妖怪）。就算偶尔骂人，骂的也是歹人。

桃花女：以前悟空滥杀无辜，您把他赶走了，这次八戒也杀了几个无辜的妖怪，您怎么不赶他？

唐僧：在贫僧看来，杀人是犯戒，应该受罚；而降妖是除恶，是积累功德。二者怎能混为一谈？

青脸儿：你们离开祭赛国的时候，国王送了你们不少金银财宝吧？

唐僧：南无阿弥陀佛，出家人不受金银。国王送是送了，但贫僧与三个徒儿都没有要。

玉面公子：你们身上都没有钱，那这一路衣食住行是怎么办的？

唐僧：我们师徒这一路，披星戴月，风餐露宿，吃喝全靠化缘。你看，贫僧身上这件衣服，就是东家化布，西家化针，零零碎碎化来的。

王公子：你们走了这么久，怎么还没到西天？

唐僧：心急吃不了热豆腐。

广告墙

我还会回来的

　　孙悟空，二郎神，你们给我听着，别以为我九头虫少了一个脑袋就会死。告诉你们，我九头虫有九个脑袋，就算少了八个，照样也活蹦乱跳的。你们等着，我把伤养好了，还会回来的！

——九头虫

金光寺改名伏龙寺

　　孙长老跟寡人说，金光寺的"金光"二字不好，金是流动之物，光乃闪烁之气，建议寡人把金光寺改为伏龙寺。寡人觉得很有道理，决定听从孙长老的建议，将金光寺改名伏龙寺，特此昭告天下。

——祭赛国国王

求高僧带带我们

　　多亏唐长老师徒相救，我们伏龙寺的和尚才得以沉冤昭雪。我们原想跟长老们一同去西天，无奈四位长老不肯度我们，把我们一群和尚给赶回来了。不知还有没有去西天取经的高僧，求带上我们吧。

——伏龙寺众和尚

第17期 误入小雷音

本期关注

众所周知，西方有个天竺国，国中有座灵山，山上有座雷音寺，是如来佛祖修行的地方。唐僧师徒要取的真经，就在这座寺里。话说这天，师徒四人走着走着，一不小心就走到雷音寺了。这……难道真的不是一场梦？

顺风快讯

唐僧师徒到西天了？
——来自西方的加密快讯

(本报讯)近日，一则喜讯从西方传来，唐僧师徒历经千辛万苦，终于到达西天了！

咦？怎么这么快？不是说唐僧要历经九九八十一难，才能修成正果吗？算一算，似乎离八十一难还远呢。于是本报记者火速赶往取经现场，发现果然是误会一场。

那天，师徒四人正在山里走着，忽然看到前方云雾缭绕，霞光闪闪，走过去一看，原来是一座雄伟的寺院。门上写了三个大字"雷音寺"。

雷音寺，不就是如来佛祖居住的地方、师徒四人取经的终点吗？唐僧看到这三个字，很没出息地吓得从马上滚了下来。悟空觉得好笑，叫他再仔细看。唐僧战战兢兢地爬起来一看，"雷音寺"前面还有一个"小"字，原来这里是小雷音寺。

唐僧对徒弟们说，就算是小雷音寺，也必定有佛在里面，想进去拜拜。可悟空认为这荒山野岭中，突然冒出一座寺庙，多半有古怪。唐僧不听，坚持要进去。三个徒弟拗不过他，只好陪他一起进去。

这个小雷音寺里面真的有佛吗？唐僧进去后会发生什么状况呢？请看记者的追踪报道。

现场追踪

"佛祖"原来是妖怪

唐僧换上锦襕袈裟，拿起锡杖，面色庄严地带着三个徒弟，一步一步走进小雷音寺。

只见大殿中，如来佛祖端坐在莲台上，两边排满了和尚、罗汉、金刚、菩萨。唐僧慌得急忙下拜，八戒也拜，沙僧也拜，只有悟空不拜。

半空里传来一声高叫："那孙悟空，见了我佛怎么不拜？"

孙悟空用火眼金睛一看，那莲台上坐的哪里是佛祖？分明是个妖怪！悟空举起金箍棒就打："大胆妖怪，敢冒充佛祖！吃我一棒！"

只听叮当一声响，"如来"抛下一个金铙，把悟空连头带脚罩在里面。

八戒、沙僧见了，急忙上去帮忙，却被一群和尚一拥而上，连带唐僧一起捆了。

原来，这个妖怪名叫黄眉老佛，人称黄眉大王。他早知道唐僧去西天取经的事，特意变了座小雷音寺，自己变成如来佛祖，手下的小妖们变成罗汉、菩萨等，来引诱唐僧。如今唐僧果然上当了，悟空、八戒、沙僧三人也顺利地落到他的手里。

黄眉大王心花怒放，命人把唐僧、八戒、沙僧抬到后面关起来，把悟空依旧罩在金铙里。那金铙是个宝物，不论谁被罩进去，三天三夜后，就会化成脓水。黄眉大王美滋滋地打着算盘：等悟空化完了，就把唐僧、八戒和沙僧三人蒸了吃！

撬啊撬，撬金铙

再说悟空被罩在金铙里，里面黑洞洞的，热得满身流汗。他左拱右撞，怎么都出不来，急得举起金箍棒，一阵乱打，还是出不来。

悟空念了个咒语，将身子一挣，长了千百丈高。谁知金铙也跟他一起长。他又念了个咒语，缩小到菜籽大小，谁知金铙也跟着变小。这金铙紧紧罩在他身上，一丝缝隙都不留。

悟空折腾了半天，怎么都出不来，只好念了个咒语，叫来暗中保护唐僧的众神仙，说："你们快想办法把这金铙撬开，救我出去。"

各位神仙开始撬，撬了半天，金

现场追踪

铙纹丝不动。神仙们没办法了，只好去天庭求救。

玉帝听说唐僧师徒又遇难了，下令二十八星宿下凡去帮忙。二十八星宿领了旨，一刻不敢耽搁，急急忙忙赶到小雷音寺。

悟空听到二十八星宿的声音，大喜，说："你们快拿兵器，把这金铙打破。"

二十八星宿连忙说："打不得，打不得。这东西是金的，一打就响。到时候惊动妖怪，就更难救你了。等我们用兵器把它撬个缝，你一看到光，就往外钻。"

悟空赞同说："正是，正是，你们快撬。"

二十八星宿开始撬金铙，一个个使枪的使枪，使剑的使剑，使刀的使刀，使斧的使斧；扛的扛，抬的抬，掀的掀，撬的撬，弄到三更半夜，金铙还是纹丝不动。悟空在里面东张张，西望望，爬过来，滚过去，就是不见一丝光亮。

亢金龙说："大圣啊，你别急躁，等我把角尖拱进去，把你拖出来。"说完，亢金龙把身子变小，角尖也变得跟针尖一样，顺着金铙合缝处往里钻。

亢金龙用了九牛二虎之力，总算把角尖钻进去了。再喊一声"长"，角就长成了碗口粗。那金铙就像皮肉长成的一样，紧紧贴着亢金龙的角，不见一丝缝隙。

悟空摸到亢金龙的角，大喜，说："亢金龙，多亏你了。你先忍着疼，带我出去。"说完，悟空变了一把钢钻，在角尖旁钻了个眼儿，摇身一变，变得菜籽大小，拱进眼儿里，喊："扯出去，扯出去！"

亢金龙又费了九牛二虎之力，才扯出角来。悟空从眼儿里钻出来，现出原形，拿起金箍棒，一棒下去，把金铙打得粉碎。

现场追踪

现场追踪

神仙惨遭妖怪毒手

　　黄眉大王听到声响，拿着狼牙棒跑了出来。悟空抽出金箍棒，就向黄眉大王打去。二人打了五十个回合，不见输赢。

　　突然，黄眉大王从腰里解下一个白色布袋，往上一抛。只听呼的一声响，二十八星宿都被装进去了，只有悟空逃了出来。

　　悟空心想："这布袋不知是什么做的，能装这么多人？如今众天神都被他装了进去，我要是再去天庭求救，只怕玉帝要怪罪。听说武当山上有个荡魔天尊，不如去求他一求。"

　　悟空一个筋斗翻到武当山，找到荡魔天尊，把来意说了一遍。荡魔天尊立即派出龟、蛇二将和五大神龙前去相救。

　　黄眉大王出来，又跟他们打了一场。打了半个时辰，黄眉大王又去解布袋。悟空见了，一惊，叫道："各位小心！"然后急忙翻筋斗逃跑了。龟、蛇二将和五大神龙不知"小心"什么，呼的一声，又都被装进布袋里，一个一个被捆了，丢到地窖里去了。

　　悟空懊恼不已，忽然又想到一人：盱眙（Xūyí）山的国师王菩萨，也是神通广大，善降妖魔。于是他驾起筋斗云，直奔盱眙山。

　　国师王菩萨听了悟空的来意，马上给他派了救兵。双方一见面，又是一场恶战。正打得难解难分时，黄眉大王又去解布袋。悟空又叫："各位小心！"然后一个筋斗翻走了。那些救兵不知道"小心"什么，一愣神，又被布袋装走了。

　　眼看被装的神仙越来越多，悟空不禁悲上心头，站在山坡上哭了起来。

弥勒佛**收妖**

悟空正在山坡上哭,忽然有人驾着祥云落到地上,那人胖头大耳,一脸笑呵呵,原来是弥勒佛。

悟空连忙下拜说:"东来佛祖到哪里去?"

弥勒佛笑着说:"我为小雷音寺的妖怪而来。"

悟空大喜,忙问:"不知他是何方妖怪?"

"那妖怪本来是给我敲磬(qìng)的一个黄眉童儿。前段日子,趁我不在,偷了我几件宝贝下凡,做了妖精。"

悟空一听大叫:"好你个笑和尚,放跑这童儿来害我老孙,该问你个家教不严之罪。"

弥勒佛笑呵呵地说:"的确是我不谨慎,才让他跑了。如今我来替你收他。我在山坡上变一片瓜田,你去引他来。"

悟空听了大喜,急忙又去小雷音寺找妖怪索战。悟空故意一手抡棒,对黄眉大王说:"妖怪,你要是不用布袋,我一手能打你三五个!"

黄眉大王大怒,果真不用布袋,跟悟

现场追踪

空打。打了几个回合,悟空转头就跑,一直跑到瓜田里。然后在地上一滚,变成一个又熟又甜的大西瓜。

黄眉大王追着追着,发现悟空不见了,只看到一片绿油油的西瓜田,问:"这瓜是谁种的?"

弥勒佛变成个老汉,从瓜棚里走出来:"瓜是小人种的。"

黄眉大王说:"摘个熟的来,给我解渴。"

弥勒佛就把悟空变的西瓜摘了,递给黄眉大王。黄眉大王接过来,刚一张口,西瓜"咕咚"一声,滚到他喉咙里去了。

悟空在黄眉大王肚子里现出原形,抓着肠子和内脏翻筋斗、竖蜻蜓。黄眉大王疼得满地打滚。

弥勒佛现出原形,笑嘻嘻地问:"孽畜,还认得我吗?"

黄眉大王抬头一看,慌忙跪地求饶。弥勒佛走上前,解了他的布袋,夺了他的狼牙棒,对悟空说:"悟空,出来吧。"悟空这才从黄眉大王嘴里钻出来。

悟空拜谢了弥勒佛,回到小雷音寺,放开唐僧、八戒、沙僧和众神仙。师徒几人吃了顿饭,又往西天去了。

神仙帖 弥勒佛

- 弥勒佛,又叫未来佛。
- 形象是一个胖乎乎的大肚和尚。肚子大,胸怀也宽广。
- 一天到晚笑呵呵,诙谐有趣,人们看到他心情就会变得很好。
- 有人这样形容他:"大肚能容,容天下难容之事;笑口常开,笑世间可笑之人。"

现场追踪

神仙怎么都这么粗心

我说弥勒佛也太不小心了,怎么连个童儿都看不住?要是神仙个个都跟他一样粗心,唐僧还不得哭死?
——林二姐

嘿,你还真说对了。观音菩萨不是放跑过金鱼?太上老君不是走丢过青牛?文殊菩萨不是走失过青毛狮子?唐僧要哭,只怕连眼泪都哭干了。
——辟暑大王

我看这些神仙不是粗心,而是故意的。都说唐僧西天取经,要历经九九八十一难。我算了算,黄眉大王这一劫,才是第五十四难。神仙怕他凑不齐劫难,就使劲放妖怪下凡,表面上是为难他,事实上是在帮他呢。
——独角鬼王

是啊,你看天上那些神仙,一个个神通广大,未卜先知,真要连个童儿跟坐骑都看不住,那还做什么神仙啊?
——移山大圣

不管是有意还是无意,总之,唐僧这倒霉和尚不凑够九九八十一难,这辈子都别想修成正果啦。
——黄毛老鼠

飞龙传信

来自驼罗庄的求救信

穿穿老师：

你好，我是驼罗庄的李老汉。我们驼罗庄离西天不远了，人称"小西天"，一般很少有妖怪在这里作乱。可是三年前，不知打哪来了个妖怪，把我们一村人祸害得不轻。

记得那天艳阳高照，村里人趁着天气好，打麦的打麦，插秧的插秧。突然起了一阵风，刚开始，我们还以为变天了，谁知风吹过的地方，牛马不见了，猪羊不见了，鸡鸭也不见了，人也不见了。仔细一看，我的天，原来都被风里的妖怪吃了。

那妖怪身体庞大，胃口也大，动不动就来村里吃人吃牲口。我们被吓怕了，凑钱请了几个法师抓他。

第一次，我们请了个和尚。那和尚看起来很厉害的样子，会念《孔雀经》《法华经》，念着念着，把妖怪念来了，然后就被妖怪打死了。后来，我们又请了个道士。那道士看起来也很厉害的样子，会敲令牌，会画符，跟妖怪打了一天，也被打死了。这下可好，妖怪没除掉不说，我们还得花钱给他俩买棺材。

穿穿老师，听说你见多识广，应该认识不少法师吧？能不能给我们推荐一位法力高强的师父？银子不是问题，我们村有五百户人家，每户人家凑一点，绝对不会亏待他。

李老汉

李老汉：

告诉你一个好消息，有一伙取经的和尚正往你们村走来。他们自从收拾小雷音寺的妖怪后，最近一路都没什么妖怪打，手正痒着呢。你们村的那个妖怪，对他们来说小菜一碟。你就放心等他们来吧。

《西游记》编辑 穿穿

特约嘉宾：悟空

嘉宾简介：全名孙悟空，又叫孙行者，是唐僧的大徒弟。他神通广大，变化无穷，西行路上降妖除魔，基本上都靠他。他还是一只机智、顽皮的猴子，最喜欢跟妖怪打架，并能从中得到乐趣。

越越：大圣，驼罗庄的妖怪被你收拾了？

悟空：那是当然。

越越：到底是个什么妖怪？

悟空：那妖怪来时，腾云驾雾，飞沙走石，俺老孙只看到云雾里，露出两盏灯。

越越：咦，莫非是个打灯笼的妖怪？

悟空：错了，错了。那两盏灯不是灯笼，是妖怪的两只眼睛。

越越：（一身冷汗）我的妈呀，眼睛都有灯笼那么大，那嘴巴和身子得有多大啊！

悟空：任凭他多大能耐的妖怪，遇见俺老孙，都算他倒霉。

越越：这个自然。只是不知那妖怪本领怎么样？

悟空：那妖怪也算有些本事，使一杆长枪，与我从天黑打到三更时分，不分胜负。

越越：话说黑灯瞎火的，你看清妖怪的样子了吗？

悟空：当时并没有看清，而且那妖怪从头至尾一言不发，也不通报姓名，不知是个什么妖。

越越：莫非这妖怪是个哑巴？

悟空：不是哑巴。我猜他还未修炼成人形，所以不会说话。

越越：后来你是怎么降服他的？

悟空：八戒见我跟妖怪打得难解难分，便上前帮忙，我们三个一直打到东方发白。那妖怪不敌，现出本相，原来是条红鳞大

明星来了

蟒。那大蟒扭过脑袋，一头扎进七绝山的洞里去了。当时八戒扯住他的尾巴，还想把他拖出来。只是妖怪力气太大，莫想扯动分毫。

越越：后来呢？

悟空：我叫八戒撒手了。

越越：啊，就这么放他跑啦？

悟空：如何能这么轻易放过他？我看那洞又窄又小，那妖怪钻进去，一定转不了身，所以必定还有后门。我们去后门拦住那妖怪便是了，何必跟他拉扯？

越越：大圣果然是有勇有谋啊。那后来呢？

悟空：我跟八戒一个堵前门，一个堵后门，把妖怪逼了出来。那妖怪急了，张开巨口，要来吞我们。

越越：呀，这岂不是正中你下怀。据我所知，大圣你最喜欢钻妖怪肚子了。

悟空：小记者，想不到你还挺了解俺老孙。

越越：嘻嘻，被大圣表扬了，还真有点害羞呢（脸红）。话说，大圣你真的钻到妖怪肚子里去啦？

悟空：是啊。那大蟒不比别的妖怪，钻他的肚子最是好玩。我铁棒往上一支，他就搭桥。铁棒往下一支，他就变船。铁棒往背上一捅，捅穿脊背，就是一根桅杆。

越越：（汗）看来大圣玩得很开心啊。那妖怪没被你折腾死吧？

悟空：折腾死啦。

越越：啊，总算是死了啊。（抹汗，小声嘀咕）这年头，当妖怪也不容易啊。（正色）对了，大圣，我听说七绝山是去西天的必经之路，山上有一大片柿树林，每年熟透的柿子落到地上，年复一年，把路都堵塞了。那烂柿子的气味也是叫人恶心不已。话说你们是怎么过去的？

悟空：这就不归俺老孙管了，那是八戒的强项。他在驼罗庄吃饱了，变成一头大猪，用嘴巴给我们拱出了一条大路。

越越：哈哈，想不到八戒还有这个用处，我也是服了他了。

悟空：八戒虽然本事不济，但还是有些用处的。

越越：嗯嗯，天色不早了，那今天就聊到这里啦，大圣，祝你们取经顺利，再见。

悟空：再见。

明星问答

秤砣虽小压千斤

莲花童子：看你一会儿变虫子，一会儿变西瓜，你到底还能变些什么呀？

悟空：俺老孙有七十二般变化，没有什么不能变的。只是有一点，若是变飞禽、走兽、昆虫、花木、器皿这些，能变得毫无二致；若是变人物，就只能变头脸，身子变不过来，还是一身黄毛，一条尾巴，得用衣裳遮住，不然就露馅了。

孙小圣：大圣，你揪猴毛变小猴的时候，不会疼吗？

悟空：跟你扯自己的汗毛差不多，要不你试试？

仙童豆豆：你的瞌睡虫哪来的？

悟空：那是俺老孙五百年前在天庭做官的时候，跟增长天王打赌赢的。不过这玩意儿不值钱，我自己揪一把毫毛也能变。

花尾巴蛇：你有没有想过，万一半路上唐僧死了，你们三个徒弟怎么办？还去不去西天？

悟空：呵呵，我师父的魂魄，哪个阎王敢起心？哪个判官敢出票？哪个鬼使敢来勾取？就算他死了，俺老孙也有办法救他回来。

土拨鼠大王：大圣你有多高？

悟空：俺老孙身高不过四尺（约等于1.3米），但俗话说，尿泡虽大无斤两，秤砣虽小压千斤。俺老孙小虽小，但有无量神通，一路降妖除魔，都要靠俺老孙哩。

广告语

欢迎光临四大佛教圣地

五台山：文殊菩萨的道场。普陀山：观音菩萨的道场。峨眉山：普贤菩萨的道场。九华山：地藏菩萨的道场。以上为四大佛教圣地，欢迎各位佛教徒前来参观，有缘的话，还能得到免费面见菩萨的机会哟。

——四大佛教圣地旅游团

保证书

我唐三藏、孙悟空、猪八戒、沙僧，自愿为驼罗庄降妖除魔，如果一不小心，我们师徒有人被妖怪打伤了，或者吃掉了，与驼罗庄村民毫无关系，绝不找驼罗庄村民的麻烦。

——唐僧师徒四人

卖柿树苗啦

古人说得好，柿子树有七大优点：一是果实吃了增寿，二是遮阴，三是不招鸟巢，四是不长虫，五是可供观赏，六是肯结果，七是枝叶肥大。拥有如此多优点的柿树苗，绝对值得您买回家种植。我们七绝山果树街，可为您提供最好、最新鲜的柿树苗，欢迎各位前来购买。买三送一，买五送二。

——七绝山果树街

第18期 智盗紫金铃

本期关注

悟空来到朱紫国,摇身一晃,猴子变名医,还为国王悬丝诊脉呢。话说,这位猴子大夫开的药方真的靠谱吗?不会又给唐僧招来什么麻烦吧?

顺风快讯

八戒揭了朱紫国的皇榜?

——来自朱紫国的加密快讯

(本报讯)八戒揭了朱紫国的皇榜!听到这个消息时,记者十分震惊。要知道,那皇榜招的可不是降妖的法师,而是治病的神医。八戒平时看着一副很没用的样子,莫非背地里还藏了一手?为了弄清真相,记者急匆匆地赶往朱紫国调查。

原来,那天师徒四人到了朱紫国,唐僧就带着关文去拜见国王,留下三个徒弟在驿馆里做饭吃。驿馆里有白米、青菜,却没有油、盐、酱、醋。悟空就拉着八戒上街买调料,不料发现了一张皇榜。

皇榜上写着,朱紫国国王三年前生了重病,宫里的太医都束手无策。如今面向天下,广招贤士,只要谁治好了国王的病,就分一半江山给他。

悟空一时调皮,对着皇榜吹了口仙气,皇榜飞啊飞,刚好落到八戒的怀里。一群官员立刻拥上来,嚷嚷着叫八戒去给国王看病。八戒慌了,打死也不承认揭了皇榜。还好悟空替他解了围,说皇榜是自己揭的,愿意进宫去给国王治病。官员们大喜过望,赶忙将悟空、八戒、沙僧三人迎进皇宫。

记者不禁有些疑惑了:要说除妖降魔、翻天闹海,悟空是一点问题都没有。可要说治病嘛……话说猴子真的懂医术吗?

现场追踪

猴子竟然会悬丝诊脉？

国王正在病床上与唐僧谈话，忽然有人来报："唐僧的大徒弟孙悟空揭了皇榜！"

唐僧大惊，国王却大喜，急忙召他们三人进来，问："哪一位是孙长老？"

悟空上前一步，高声回答："老孙便是。"

国王听他的声音凶狠，再一看相貌，活脱脱一个毛脸雷公，吓得一跟头栽倒在龙床上，慌得几个宫女、太监赶忙把他搀到内室去。

国王缓过神来，对太监说："你叫他走吧，吓死寡人了。"

太监走出来，将国王的话转述了一遍。悟空说："不要紧，国王要是怕我，我还会悬丝诊脉。"

太监回到内室，把悟空的话禀告了国王。国王心想：悬丝诊脉，寡人倒是听说过，只是从未见过。寡人病了三年，一直不见好，不如试一试吧。于是他就答应了。

悟空拔了三根毫毛，叫声"变"，变成三根金灿灿的丝线，叫太监把一头拿进去，系到国王的手腕上，另一头自己握着。系好后，悟空便开始用金线给国王诊脉。

诊了一会儿，悟空将身子一抖，收起毫毛，高声叫道："陛下得的是双鸟失群症。"

国王一听，满心欢喜，说："不错，不错，正是这个病，还请孙长老开药。"

悟空说："宫里不是制药的地方，你把每种原料准备三斤，送到驿馆里，明天一早，我把制好的药送来。"

国王依从了他的话，留唐僧在宫里说话，让悟空、八戒、沙僧三人回了驿馆。

奇药治奇病

回到驿馆，悟空叫八戒、沙僧取一两大黄、一两巴豆，又拿出一个小碗，对八戒说："去刮半碗锅灰来。"

八戒瞪着眼睛问："锅灰也是药？"

悟空说："你不知道，锅灰又叫百草霜，能治百病。"

八戒听了，真的跑到厨房里，刮了半碗锅灰回来。悟空又拿起一个杯子，叫八戒去接半杯马尿。

八戒莫名其妙，问道："要马尿干什么？"

悟空说："你不知道，我们那马不是凡马。他本来是西海龙王的太子。要是他肯撒尿，管你什么病，喝了马上好。"

八戒听了，真的跑到马厩，接了小半杯马尿。

悟空把原料用马尿和匀了，搓了三个大丸子，收在盒子里。兄弟三人睡下了。

第二天一早，国王派人来驿馆取药。悟空叫八戒取来盒子，交给前来的官员。官员问："这药叫什么？"

悟空一本正经地回答："它叫乌金丹。"

八戒、沙僧二人听了，心里暗暗好笑：什么乌金丹，明明就是锅灰拌马尿！

官员又问："用什么引子？"

悟空说："必须用无根水服下。"

官员又问："无根水是什么？"

悟空说："江河湖泊中的水，都是有根的。我这无根水，必须是天上落下来，还没有沾地的水。"

官员拜谢了悟空，小心翼翼地捧着乌金丹，回去复命了。

现场追踪

等官员走了,悟空心想:"刚才我跟他们说,必须用无根水做药引,才能服药。可这一时半会儿,哪里弄来雨水?我看这国王倒是个贤君,不如我帮他下点儿雨吃药。"他念了声咒语,召来东海龙王,把事情说了一遍。

东海龙王说:"这个简单,等我打个喷嚏,吐些津液,给他吃药就是了。"说完,他飞到王宫上空,打了个喷嚏,化作甘霖。

再说国王,正在宫里等雨吃药,忽然见空中飘来一阵细雨,不禁欣喜若狂,急忙叫宫里的人拿器皿盛水。只见文武官员、三宫六院的妃嫔、宫女太监,捧碗的捧碗,捧杯的捧杯,都欢天喜地站在雨里接水。

足足一个时辰后,雨才停了。将杯碗中的水收起来一看,刚好三盏。国王吞一颗药丸,喝一口雨水;三颗药丸吞完,顿时精神抖擞,身轻体健。国王大喜,立刻登上宝殿,拜谢唐僧,又摆了一场宫廷盛宴,派人去驿馆请悟空三人进宫吃宴。

宴会上,国王向悟空说出了这病的来源。原来,三年前的端午节,国王与王后正在御花园里赏花。忽然刮起一阵风,半空里出现一个妖精,自称赛太岁,住在麒麟山獬豸(xiè zhì)洞。他说洞中少了个夫人,说完一阵风把王后刮跑了。国王因此受了惊,再加上日夜思念王后,从此一病不起。

悟空听了,满心欢喜,当即承诺去替国王捉拿妖怪,救王后回宫。

现场追踪

现场追踪

紫金铃不是好玩的

悟空驾上筋斗云，呼的一声，到了麒麟山上，迎面走来一个小妖，一问才知，正是从獬豸洞里来的。悟空抽出金箍棒，一棒把小妖打死，摇身一变，变成小妖的样子，大摇大摆地进了洞。悟空找了一会儿，果然看到一个花容月貌的娘娘坐在梳妆台前愁眉不展、双眼滴泪。

悟空把脸一抹，现出原形，说："娘娘别怕，我是东土大唐往西天取经的和尚，受朱紫国国王托付，特意前来救你。"

娘娘听了泪流不止，说："长老，你如何能救我？那妖怪有三个金铃，第一个晃一晃，起三百丈火光烧人；第二个晃一晃，起三百丈浓烟熏人；第三个晃一晃，起三百丈黄沙迷人。你怎么打得过他？"

悟空连叫："厉害，厉害。不知那铃铛放在哪里？"

娘娘说："他哪里肯放下？每天挂在腰间，从不离身。"

悟空说："你要是还想回王宫，就去哄哄那妖怪，叫他把金铃交给你保管。"

娘娘答应了。悟空摇身一变，还是变成小妖的模样，找到妖怪说："大王，娘娘有请。"

现场追踪

妖怪听了大喜，心想："娘娘平时只知道骂，怎么今天忽然请我了？"他急匆匆带着悟空赶往娘娘的住处。

娘娘见了妖怪，笑吟吟站起身，用手去搀他。妖怪急忙后退，讪讪地说："不敢，不敢。承娘娘厚爱，我怕手痛。"

原来，娘娘刚被抓来的那天，有个神仙送了她一件五彩仙衣。娘娘穿上后，浑身上下就长了刺。妖怪一碰，手就痛，从此再也不敢靠近娘娘。

娘娘请妖怪坐下，说："我蒙大王厚爱，已有三年。也是前世有缘，才做了这场夫妻，可谁知大王一直拿我当外人。想我在朱紫国做王后的时候，凡是外邦进贡的宝贝，国王看了，都交给我保管。我听说你有三个金铃，想必是宝贝，你怎么不给我收着？"

妖怪哈哈大笑说："娘娘说得是，说得是。"于是妖怪从腰间解下三个金铃，用棉花塞了口，递给娘娘。

娘娘接过金铃，放到梳妆台上，叫小妖安排酒席，与妖怪饮酒作乐。

悟空蹭啊蹭，蹭到梳妆台前，把三个金铃摸走了。他溜到一个没人的地方，仔细一看，三个金铃，每个都有拳头大。他不知道厉害，一把将棉花扯了。只听"当、当、当"三声响，霎时火光熊熊，浓烟滚滚，黄沙万丈。

火光惊动了妖怪，他扭头一看，金铃不见了，又惊又怒，立即带领众小妖来捉偷铃贼。

悟空被烟火熏得睁不开眼睛，慌忙扔了金铃，变成一只苍蝇飞走了。

现场追踪

悟空再盗紫金铃

悟空没有飞远,妖怪捉拿他时,他趴在石壁上一动不动,等妖怪收兵了,他才抖开翅膀,飞到后宫一看,娘娘趴在梳妆台上哭呢。原来,她听外头乱糟糟的,以为悟空被妖怪打死了。

悟空飞到她耳根后,悄悄地说:"娘娘你别怕,我还是来救你的和尚。"说完,悟空把刚才的事情说了一遍,又说:"你还去请那妖怪来,我再想办法把金铃弄到手。"

娘娘急忙叫人去请妖怪。悟空摇身一变,变成一个婢女在娘娘旁边伺候着。

娘娘见了妖怪,假装关切地问:"大王,宝贝没弄坏吧?"

妖怪笑着说:"我这宝贝是神仙铸的,如何弄得坏?"

娘娘又说:"我替你收着吧。"

妖怪不肯了,说:"娘娘,还是我戴在腰间好,免得又被人偷走。"

悟空听了,拔了一根毫毛,吹了三口仙气,暗暗叫声"变",变成虱子、跳蚤、臭虫,钻进妖怪衣裳里,贴着皮肤乱咬。妖怪痒得厉害,伸手又挠又抓,捏出几个虱子来。

娘娘见了笑着说:"大王,快把衣服脱下来,我帮你捉捉虱子。"

妖怪又羞又急,赶忙去脱外衣。

悟空也凑过去说:"大王,把金铃给我,我也替你捉捉。"

妖怪急昏了头,真的把金铃给了悟空。

悟空接了金铃,藏在身上,拔一根毫毛,变作一个假金铃,再将身子一抖,把虱子、跳蚤、臭虫收回来,把假金铃还给妖怪,偷偷溜了。

当假铃铛遇上真铃铛

妖怪,你以为就你有铃?

悟空得了手,跑到洞外,一棒把门打破,大喊:"妖怪,快还我娘娘!"

妖怪提了一把宣花斧,跑出来问:"你是哪个?敢来打我的门!"

悟空说:"我是你的外公齐天大圣孙悟空哩!"

妖怪笑着说:"你原来是大闹天宫的弼马温!你不去保唐僧取经,怎么跑到这里来送死?"

悟空最恨别人说他是弼马温,勃然大怒,举棒就打。俩人你来我往,打了五十个回合,不分胜负。妖怪见悟空手段高强,怕是不能取胜,就去腰间解金铃。

悟空见了笑着说:"妖怪,你以为就你有铃?"说完,悟空也去腰间解铃。

妖怪见他的铃跟自

你的铃哪里来的?

现场追踪

己的一模一样，大惊，问："你的铃哪里来的？"

悟空反问："你的铃又是哪里来的？"

妖怪老老实实地回答说："我这铃，是太上老君在八卦炉里炼的。"

悟空说："我这铃，也是太上老君在炉子里炼的。不过你那个是雄的，我这个是雌的。"

妖怪说："管他雄的雌的，能摇出宝来，就是好的。"

悟空说："好，让你先摇。"

妖怪大喜，将第一个铃摇了摇，不见有火；又摇第二个铃，不见有烟；又摇第三个铃，不见黄沙。妖怪吓得慌了手脚，喊："奇怪，奇怪，难道这铃怕老婆？雄的见到雌的，就不敢动了？"

悟空笑着说："你摇完了，轮到我了。"说完，他拿起三个铃，一齐摇起来。只见烈火、青烟、黄沙铺天盖地而来，吓得妖怪魂飞魄散，却又走投无路。

忽然半空传来人声："悟空，我来了！"

悟空一看，原来是观音菩萨。悟空急忙收了烟火风沙，合掌下拜："菩萨到哪里去？"

菩萨说："我特意来收这个妖怪的。"

悟空问："不知这妖怪什么来历，劳您亲自来收他？"

 现场追踪

菩萨说:"他原本是我的坐骑金毛犼。因为童子贪睡,被他咬断铁链,下凡做了妖怪。"说完她大喝一声:"孽畜,还不现原形!"

只见妖怪打了个滚,现出原形。菩萨骑上去,往他脖子上一看,金铃没了,说:"悟空,把金铃还给我。"

悟空说:"什么铃?老孙没看见。"

菩萨说:"既然没看见,那我念紧箍咒了。"

悟空慌了,说:"莫念,莫念,铃在这里。"忙把铃交了出来。

观音把铃依旧挂到金毛犼的脖子上,驾着祥云,回南海了。悟空理了理衣服,抡起铁棒,冲进洞里,将娘娘接回了朱紫国。

悟空,把金铃还给我。

妖精帖 金毛犼

- 犼是上古时期的一种神兽。金毛犼,顾名思义,是长了一身金毛的犼。
- 凶猛,吃人。
- 跟狮子差不多大,喜欢跟龙打架。
- 神通广大,本领高强,被观音菩萨收为坐骑。

西游茶馆

马尿的神奇功效

哎,那天孙悟空说白龙马的尿包治百病,是吹牛吧?
——酒肉和尚

猴子虽然喜欢吹牛,但这次说的是真的。你不知道,那白龙马的尿可是好宝贝:撒在水里,鱼喝了成龙;撒在山上,草淋了变灵芝;要是被人采去,喝了能长寿呢。
——道士阿三

真的假的?真有这么神奇的话,我去接点来卖,岂不是就发财了?
——李财迷

呵呵,你以为你要他尿他就尿啊。这条龙小气着呢,上次给朱紫国国王尿尿,尿了半天,才尿出几滴。你去找他尿,小心他一脚把你踢残废了。
——黑马王

嘿,我就不信他一路上不撒尿。打明儿起,我就端个盆,跟在取经队伍后面……哎哎,你们怎么都走了?
——李财迷

国王日记

×年×月×日　　　天气：晴　　　心情：

娘娘终于回来了

今天，我朝思暮想的娘娘终于回来了，寡人实在是太开心了。

三年不见，她还是和当初一样貌美动人，倒是寡人，大病三年后，憔悴了不少。我见了娘娘，按捺不住内心的激动，也顾不得什么场合，想去拉她的手。哪知刚碰到她的玉手，就跟抓到钢针似的，差点没吓死寡人。

孙长老这才告诉寡人，娘娘被妖怪抢走那天，有个神仙给了娘娘一件仙衣穿。娘娘穿上后，身上就长了毒刺，谁都碰不得。

听了这话，寡人又喜又愁。喜的是，这三年来，妖怪没有占到娘娘的便宜；愁的是，这刺像生了根一样，长在娘娘身上。从今以后，寡人要怎么跟娘娘亲近啊？

就在寡人发愁的时候，一个神仙踏着彩云来了。孙长老似乎认得他，叫他什么紫阳真人。原来，当年送娘娘仙衣的就是他。他听说娘娘被救回来了，特意前来替娘娘除毒刺。

那神仙走到娘娘跟前，用手一指，那件仙衣从娘娘身上脱下来了。寡人再去拉娘娘的手，就不痛了。寡人欣喜若狂，正要拜谢神仙，谁知呼的一声，神仙已经腾云去了。哎呀呀，神仙就是神仙，果然是来无影去无踪啊。

好了，就先写到这里吧，寡人要去陪娘娘了。总之，寡人今天实在是太高兴了！

（作者　朱紫国国王）

特约嘉宾：观音菩萨

嘉宾简介：佛教中的四大菩萨之一。悟空每次遇到打不过的妖怪，总会第一个想到她，而她也总能及时赶到，帮悟空收服妖怪。除了慈悲，观音菩萨还有诙谐幽默的一面，总之，她是个很有亲和力的菩萨。

越越：菩萨，这回可是您的不对。

观音：哦？

越越：您放跑坐骑，害得人家国王夫妻分别三年，要不是悟空路过，还不定要分别多久呢。您说是不是您的错？

观音：你只知其一，不知其二。

越越：其二是什么？

观音：我那金毛犼看上去是给国王生灾，其实是给他消灾来了。

越越：抢人家老婆，也算给人消灾？

观音：你不知道，那朱紫国国王还是太子的时候，曾闯下大祸。那时他年少轻狂，喜好打猎。有一次，他打猎来到落凤坡上，看到两只小孔雀，正好一雄一雌，就拈弓搭箭，一箭把雄孔雀射伤了。

越越：呃，打猎射伤一只孔雀，是件很严重的事情吗？

观音：你可知那两只小孔雀是什么来历？他们是佛母孔雀大明王菩萨的儿女，如来佛祖的弟弟和妹妹。

越越：（惊吓）啥？佛祖竟然是只孔雀？

观音：……谁告诉你佛祖是孔雀了？

明星来了

越越：佛祖既然不是孔雀，那为什么他母亲和弟弟妹妹都是孔雀？

观音：唉，我还是从头跟你说起吧。话说自盘古开天辟地之后，地上便有了万物。万物中有飞禽，有走兽。走兽以麒麟为长，飞禽以凤凰为长。凤凰生了两个儿女，一个是孔雀，另一个是大鹏。孔雀刚出生时，穷凶极恶，最喜欢吃人。有一次，佛祖正在雪山上修行，被那孔雀一口吞下肚里去了。

越越：我的天哪，连佛祖都敢吃！那后来呢？

观音：佛祖不慌不忙，在她背上打了个洞，从洞里钻了出来。

越越：这么说，孔雀应该是佛祖的仇家才对呀，怎么会变成他母亲？

观音：佛祖是从孔雀身上钻出来的。孔雀对他来说，岂不相当于母亲一样？

越越：……好像有点道理。

观音：那朱紫国的国王射伤了雄孔雀，雌孔雀带着箭头去找佛母告状。佛母又岂能善罢甘休？她吩咐下去，要拆散国王夫妻三年，叫他三年卧床不起。当时我就在旁边，我这金毛犼也听到了。于是他留了个心眼，特意找了个机会，下凡掳走王后，给国王消灾。

越越：这么说，这金毛犼不但没错，还立了功喽？

观音：可以这么说。

越越：唉，你们神仙的事情真复杂，我都搞不明白了。

观音：你是个凡人，不用懂这么多。

越越：……好吧，那今天的采访就到这里喽，谢谢观音菩萨的参与，接下来就请粉丝们提问吧。

明星问答

取经队伍的**幕后人**

龙婆：菩萨，您的杨柳枝没有根，不会枯吗？

观音：我这净瓶甘露，可保柳枝常青。记得当年，太上老君与我打赌，把我的杨柳枝拔去，放在炼丹炉里，烧得焦干，再送回来给我。我把它插在瓶中，只一天一夜，就恢复如初了。

猿猴将军：您怎么评价悟空和八戒二人？

观音：悟空看似精明顽皮，却侠义正直；八戒看似憨厚老实，却会偷奸耍滑。所以凡事不可看表面，要用心观察。

云童：菩萨，您一般都是怎么对付妖魔的？

观音：我会先好言相劝，叫他皈依我佛。再不然，就用法术将他降服，再叫他皈依我佛。

白鹿大仙：菩萨，为什么每次取经队伍遇到麻烦，您都能及时赶到呢？

观音：取经人是我选的，三个徒弟也是我替唐僧收的。我奉如来之命，办理这次取经之事，自然时刻关注取经队伍的动向。

招医榜文

　　寡人是朱紫国国王，自从登基以来，四方臣服，百姓安居。近来因为国事不顺，染上重病，本国太医全都束手无策。今天贴出招医榜文，普招天下名医。谁要能治好朕的病，朕愿意把江山分他一半，以此榜文为证，决不食言。

——朱紫国国王

卖药公告

　　我大师兄顽皮，给朱紫国国王配药的时候，每种原料问医官要了三斤，一共八百八十种原料，共两千多斤，结果却只用了二两。我老猪本想拿剩下的原料开个药铺，做点买卖，可是要去西天取经，没有空闲，因此想贱卖了这些原料，换点路费。想买原料的速与我联系，我老猪明天就要启程了。

——猪八戒

专治双鸟失群症

　　什么是双鸟失群症？原本有雌雄二鸟在一起飞，忽然被暴风骤雨惊散，雌的不见雄的，雄的不见雌的；雌的想念雄的，雄的也想念雌的，这就是双鸟失群症。这种病在青年男女中十分常见，为了替大家解忧，本人专门从孙长老那里学了治这个病的药方，欢迎各位患者前来咨询问诊。

——朱紫国刘大夫

第19期 七个蜘蛛精

本期关注

唐长老独自一人去化斋,不巧闯进了盘丝洞,被洞里的七个蜘蛛精捉住了,准备蒸着吃。悟空三人前去救援,八戒却一心想调戏美貌的蜘蛛精。不知师徒四人与这七个蜘蛛精之间,会发生怎样的故事呢?

顺风快讯

唐僧化斋化到妖怪家
——来自盘丝洞的加密快讯

（本报讯）前几天，唐长老又干了件蠢事，他去化斋，居然化到妖怪家里去了。

本来在取经队伍中，化斋从来都不是唐僧的事。他作为师父，只要老老实实在原地待着，自然有八戒、沙僧保护他，有悟空去帮他化斋吃。可是那天，唐僧看到一座庄园，不知怎么回事，非要亲自进去化斋。三个徒弟劝他不住，只好让他去了。

唐僧拿着个钵盂，走到庄园门口。只见四个女子在窗边做针线活，三个女子在庭院里踢球。唐僧忽然有些害羞，在路边磨蹭了半个时辰，可又怕被徒弟们笑话，只好硬着头皮去化斋。

七个女子听说是大唐圣僧，热情如火，请他进了门，还做了一盘人脑豆腐块给他吃。唐长老吓得转身就跑，却被这七个女子捆了起来，准备蒸了吃。然后她们又从肚脐里吐出无数蜘蛛丝，把整个庄园包裹得严严实实。

原来，这七个女子根本不是人，而是七个蜘蛛精。这庄园也不是庄园，而是盘丝洞。

唐长老被抓，三个徒弟却一点都不知情，那唐僧能否逃过这次劫难呢？接下来有更精彩的报道等着您。

现场追踪

八戒调戏蜘蛛精

唐僧走后,八戒和沙僧都在路边看行李。悟空坐不住,爬到树上上蹿下跳。忽然,悟空发现前方亮闪闪一片,腾云去看,只见整座庄园被蛛丝密密裹住。那蛛丝又粗又黏,连金箍棒都无法下手。

就在这时,门吱呀一声响,七个女子说说笑笑地走出来。其中一个说:"姐姐,我们去洗了澡,好蒸那个胖和尚吃。"

悟空摇身一变,变成一只苍蝇,嗡嗡地跟在她们后面,不多时,来到一个温泉边。

七个女子脱了衣裳,跳进温泉里洗澡、戏水。悟空摇身一变,变成一只饿鹰,呼地掠过,将七个蜘蛛精的衣裳叼走了。

回到路边,悟空现出原形,跟八戒、沙僧商量去救师父。

八戒不肯去,吵吵嚷嚷道:"师兄,依我看,先打死妖精,才好去救师父。"

悟空知道他在打什么主意,说:"我不去,要去你去。"

八戒果真抖擞精神,背着钉耙,欢天喜地地跑到温泉边,看见有七个美人蹲在水里,正破口大骂刚才的那只老鹰。

八戒听了,忍不住笑了出来。七个蜘蛛精脸色大变,也顾不得害羞,突突突几声,每人肚脐中冒出一根鸭蛋粗的蛛丝,搭成一个丝棚,把八戒裹在里面,动弹不得。

困住八戒后,蜘蛛精们急忙跑回盘丝洞,穿好衣裳,交代了小妖一番,去别处请救兵了。

 现场追踪

跟虫子打了一架

再说八戒，被裹在蜘蛛丝里不见天日，跌跌撞撞，摔得鼻青脸肿，好不容易挣脱出来，摸着原路跑回去，把事情跟悟空、沙僧说了。

沙僧着急地说："不好，妖怪一定去洞里伤害师父了，我们快去救他！"

兄弟三个急忙往盘丝洞跑，跑到洞口，只见七个小妖挡在门前，最高的不到三尺，最重的只有八九斤。

悟空觉得好玩，问："你们是谁？"

七个小妖说："我们是七仙姑的干儿子。你们欺负了我们母亲，还敢打上门来，真不要脸！"说完，小妖们一窝蜂拥上来。

八戒气得咬牙切齿，举起钉耙，一顿乱打。

七个小妖见他来势凶猛，飞到半空，现出原形，原来是些蜜蜂、蚊子、蜻蜓之类的虫子。七只小虫叫声"变"，一个变十个，十个变百个，百个变千个，千个变万个，铺天盖地而来，吓得八戒捂了头就跑。沙僧也叫："天哪，天哪，一会儿光头都要被叮肿哩。"

悟空拔一把毫毛，喊声"变"，变成七种老鹰，冲进虫堆里，一阵乱啄。老鹰最爱啄虫，一口啄一只，一爪拍一个，瞬间把虫群打得七零八落。

三兄弟这才闯进洞里，救唐僧出来。八戒又找来些干柴，一把火将盘丝洞烧得干干净净。

现场追踪

黄花观中毒事件

师徒四人走了一段路,忽然看到一座气势恢宏的道观,门上写着"黄花观"三个字,他们决定进去化斋。

一个道士正在廊下捣药,见有客人来了,急忙整理衣冠,前来迎接,又命道童去沏茶。不多时,一个小童端来五杯茶,每杯茶里泡了几个枣,四杯红枣,一杯黑枣。

道士双手捧起四杯红枣茶,一一递给唐僧师徒。悟空眼尖,见剩下的那杯是黑枣茶,就说:"先生,我跟你换一杯。"

道士笑着说:"这几个红枣,是我亲自去山上摘的,只有这几个,特意奉给几位长老,还请不要推辞啊!"

唐僧见悟空跟道士纠缠不休,呵斥了几句。悟空只好作罢,但他接过茶杯,却端在手里不喝。

八戒饿得慌,一口把枣吃了。唐僧吃了,沙僧也吃了。片刻间,八戒脸上变色,沙僧双眼流泪,唐僧口吐白沫。三人挣扎了片刻,晕倒在地。

悟空大怒,举起茶杯,往道士脸上一摔:"妖道,我们跟你有什么仇,你下毒害我们?"

道士也怒了:"泼猴,你自己闯的祸,你还不知道?"原来,这道士不是别人,正是七个蜘蛛精的师兄。

泼猴,受死吧!

悟空听了,气得抓耳挠腮,摸出金箍棒就打。道士急忙取来一口宝剑迎敌。七个蜘蛛精听到动静,都跑出来帮忙。她们一个个敞开肚皮,突突突地从肚脐里吐出蛛丝,搭成一个丝棚,把悟空罩在里面。

悟空急忙翻了个筋斗,撞破丝棚,喊声"变",变出七十个小悟空。每人拿一个双角叉,打着号子,去搅蛛丝。每人搅了十多斤,拖出七只箩筐大的蜘蛛,都缩着头,抖着脚,连喊:"饶命!饶命!"

悟空想到被毒晕的师父师弟,哪里肯饶她们,一顿棒子,把七只蜘蛛打得稀烂。

道士看了七个师妹的惨状,勃然大怒,解开衣裳,把手抬起,只见他腹部长了一千只眼,每只眼放出一道金光,罩在悟空身上。

悟空被困在金光里,头晕眼花,烦闷不已,急忙往上一蹿,却好像撞到一堵铜墙,摔回地面。一摸,头皮都撞软了。

悟空焦躁地想:我这头,平时刀砍斧剁,都不伤分毫,怎么今天这么不中用?罢了,罢了,还是先走为妙!于是悟空摇身一变,变成一只穿山甲,钻了个地洞跑了。

现场追踪

现场追踪

毗蓝婆菩萨收妖

悟空一口气钻了二十里路，才冒出头来。忽然，山后传来一阵啼哭声。他转身一看，只见一个妇人，身穿重孝，一手托着一碗凉饭，一手撒着纸钱走来，走一步，哭一声。

悟空走过去问："女菩萨，你哭的是什么人？"妇人含泪说："我哭我丈夫啊，他被黄花观道士给毒死了。"悟空听了，不禁悲从中来，泪如泉涌。

妇人见了怒道："这和尚无礼！我哭我丈夫，你怎么也哭，难道戏弄我不成？"

悟空忙说："女菩萨息怒，我不是戏弄你，我哭我师父哩。"说完，悟空将黄花观里的事情说了一遍。

妇人放下饭和纸钱，向悟空赔礼说："长老莫怪。你师父才喝了毒茶不久，还有救。往南一千里，有座紫云山，山上有个千花洞，洞里有一位毗（pí）蓝婆菩萨，她能救你师父。"原来这妇人是黎山老母。

悟空驾起筋斗云，来到紫云山。毗蓝婆菩萨听了他的遭遇，便和他一同驾云来到黄花观。

只见观里一片金光灿灿，那道士还在作法呢。毗蓝婆菩萨从衣领里取出绣花针，往天上一抛，噗的一声，金光破了，道士捂着眼睛，一动不敢动。

接着，毗蓝婆菩萨取出几颗红色药丸，对悟空说："大圣，我这里有三颗解毒丸，你快给你师父师弟他们吃了。"

悟空接过药丸，掰开三人的牙关，一人喂了一颗。片刻之后，三人呕吐不止，吐出毒茶，醒了过来。

现场追踪

八戒最先爬起来，喊："师兄，那道士在哪里？我要去问问他，为何要害我们！"

悟空一指殿外："在那里装瞎子的不是？"

八戒发起狠来，举起钉耙要打，被毗蓝婆菩萨拦住了："天蓬元帅息怒，正好我洞里缺个看门的人，让我收了他去看门吧。"说完，毗蓝婆上前一指，那道士噗的一声，倒在地上，现出原形，原来是一只七尺长的大蜈蚣。

唐僧师徒拜谢了毗蓝婆菩萨，继续上路了。

神仙帖
黎山老母

- 传说中的女仙，是一位和蔼可亲的老婆婆。
- 是个很有正义感的神仙，常常化作各种形象，为人指点迷津、传授秘籍、救苦救难。
- 传说很多巾帼英雄都是她的弟子，如钟无艳、樊梨花、穆桂英、白素贞等。
- 很受道家欢迎，许多道观都供了她的像。

毗蓝婆菩萨是只老母鸡？

毗蓝婆菩萨的针怎么那么厉害？那道士的金光，连铜头铁骨的孙悟空都破不了，毗蓝婆菩萨一根小小的针就破了。她那针是用什么做的？
——织女

你可别小看这根针，它不是钢造的，不是铁铸的，也不是金子做的，是在毗蓝婆菩萨的儿子昴日星官的日眼里炼成的，可是件厉害的法宝呢。
——百花仙子

啥？毗蓝婆菩萨是昴日星官的母亲？昴日星官可是只大公鸡，那毗蓝婆菩萨岂不是只老母鸡？
——绿衣仙女

哈哈，我看毗蓝婆菩萨就是一只老母鸡。你们想啊，鸡最能啄蜈蚣了。所以那只蜈蚣精见到毗蓝婆菩萨，才吓得一动不敢动。这就叫一物降一物。
——七公主

唐僧日记

×年×月×日　　　天气：阴　　　心情：

再也不敢一个人化斋了

以前悟空化斋，看他每次满载而归，我还以为这是件很容易的事情。可经过这次蜘蛛精事件后，我才发现自己错了。

本来，我见这一路道路平坦，风景秀丽，料想应该没有妖怪，才一时兴起，想自己去化化斋。一来每次都是徒弟化斋，这次就想叫他们休息休息；二来是想告诉他们，我这师父也不是光知道坐着等吃，我也会化斋。

谁知那样一座朴实秀丽的庄园，里面竟然住的是妖怪！看来这西行路上，是处处有妖魔，处处有陷阱。唉，我以后就是饿死，也不敢一个人化斋了。化斋这种事情，还是交给悟空去办最妥当。

昨天我听沙僧说，其实悟空化斋也挺辛苦的。这西行之路，多半是荒山野岭，悟空每次去化斋，都要在山野中四处搜寻人家，有时候他去得远了，还担心我被妖怪盯上。

我还听八戒说，因为悟空长得丑，有的人家不肯给斋饭，还拿棒子赶他，想想真是委屈他了。我以后还是对悟空好点吧，尽量少打骂他，也尽量不念紧箍咒了。

嗯，今天就写到这里了，得睡觉了，明天还要赶路哩。

（作者　唐三藏）

明星来了

特约嘉宾：悟空

嘉宾简介：唐僧的大徒弟，西行路上降妖伏魔的主力。他做过妖精，当过神仙，从美猴王到齐天大圣，再到佛门弟子。天上地下，无人不知他的姓名。他手段高，面子大，随时随地都有神仙来帮他。据说只要他一句话，去天庭借个十万天兵都不在话下。

越越：大圣，这次在黄花观里可真惊险啊。

悟空：说得是，多亏了毗蓝婆菩萨帮忙。还有黎山老母，要不是她提点，俺老孙也不知道毗蓝婆菩萨能收服这妖怪。

越越：你之前认得毗蓝婆菩萨吗？

悟空：我不认得她，但她认得我。

越越：咦？

悟空：俺老孙五百年前大闹天宫的事情，天上地下的神仙，哪个不知？哪个不晓？因此只要是神仙，多半都认得俺老孙。就算不认得，也听过俺老孙的名头。

越越：哇！那他们都怎么看待你？

悟空：有怕我的，有敬我的，也有想挑战我的。

越越：嘻嘻，我知道有一类神仙最怕你了？

悟空：谁？

越越：土地呀。听说每次唐僧被抓走，你心烦意乱，就一棍子把土地敲出来，叫他们伸出脚，一人打二十棍当见面礼。

悟空：不曾真打，不曾真打。真要打，哪里用得了二十

明星来了

棍，一棍下去就魂飞魄散了。

越越：嘻嘻，我就知道大圣嘴硬心软。你敲土地出来，是为了向他们打听当地有何妖怪，妖怪是何来历，好去救你师父，对吧？

悟空：对，土地也就是土地公公，是掌管一方土地的神仙，当地有什么妖怪，他们最清楚不过了。

越越：大圣英明。对了，大圣，你跟哪些神仙的关系比较好？

悟空：说起来，俺老孙的神仙朋友倒是不少。想我刚上天庭做齐天大圣的时候，整天无所事事，东游西逛，交朋结友。见了三清，称个"老"字；见了四帝，道个"陛下"。那二十八星宿、四大天王、河汉群神等，都跟我以"兄弟"相称。

越越：难怪后来玉帝叫你去管蟠桃园，是不是怕你拉帮结派，威胁他的地位？

悟空：这俺老孙倒没想过。

越越：后来你大闹天宫的时候，你那些神仙朋友有为难你吗？

悟空：当时场面太乱，再加上时间过去太久，俺老孙也记不大清了，似乎并没有遇到很熟的人。

越越：嘻嘻，看得出大圣在天庭的人际关系是相当不错呀。难怪每次唐僧遇难，你都能请来神仙帮忙。

悟空：玉帝也帮了不少忙。没有他降旨，那些神仙也不敢擅离职守，私自下凡助我除妖。

越越：那是，西天取经，不论对仙界还是对佛界来说，都是件大事，玉帝也是全力配合嘛。对了，你一次最多能请来多少神仙？

悟空：俺老孙只要带个口信上去，借十万天兵不成问题。

越越：（星星眼）哇！

悟空：你这眼神，看得老孙有点受不了，俺老孙去也——

越越：哎，大圣——大圣——

不赞同师父化斋

王小二：你赞同唐僧化斋吗？

悟空：不赞同。师父要吃斋，由我去化就行了。哪有徒弟高坐，叫师父去化斋的道理？

银蝉子：唐僧老是凶你，还拿紧箍咒咒你，你记他的仇吗？

悟空：不记仇，不记仇。一日为师，终身为父，父子之间哪有隔夜的仇？

嵩山王：你要是吃了那道士的枣子，会被毒死吗？

悟空：俺老孙五百年前大闹天宫时，太上老君的灵丹、玉帝的仙酒、王母的蟠桃，还有凤髓龙肝，哪样东西不曾吃过？别说吃他一颗枣子，就是一担枣子，俺老孙也当糖吃。

井龙王：像那种平常的小妖，你一个能解决多少？

悟空：我把棍子两头一扯，就是四十丈长；晃一晃，就是八丈粗。往地上滚一滚，可滚杀五千小妖；滚两滚，再滚杀五千。咕噜滚下来，任凭多少小妖，都会被我碾死！

小金龙：听说你爱吹牛皮，爱讲大话，是不是真的？

悟空：谁派你来揭俺老孙的短？

广告栏

警告

最近岭上来了七个蜘蛛精，一来就将七仙女在凡间的浴池占了。这七个女妖如此强悍，必定有大神通。请大家提高警惕，切勿去招惹她们。

——盘丝岭土地

愿拜七位仙姑为母

前日我们出门，不小心被七位仙姑的蛛网网住，幸好七位仙姑慈悲，没有吃掉我们。为了报答七位仙姑的不杀之恩，我们愿意拜她们为母，尽心侍奉她们。

——众虫子

卖毒药

老道炼制的毒药，乃扫积山中百鸟粪千斤，用铜锅慢慢熬煮而成。熬的时候，火候要均匀。熬到最后，只剩三分精华，还要炒和熏。我这宝贝制成后奇毒无比，给凡人吃，只要一厘就丧命；给神仙吃，也只要三厘就丧命。虽然价格略微昂贵了些，但绝对值得购买。

——黄花观道士

第20期 大战三魔

本期关注

狮驼岭有三个可怕的吃人魔王。他们为了吃到唐僧肉，一个个轮番上场，使出浑身解数，终于把唐僧捉住，丢进了蒸笼。眼看柴火已经点着了，唐僧性命难保，这回悟空能否救出师父呢？

顺风快讯

四万吃人魔，吓破唐僧胆
——来自狮驼岭的加密快讯

（本报讯）近日，唐僧师徒走到狮驼岭的时候，一个神秘老头拦住他们，向他们透露了一个消息。

这狮驼岭上有个狮驼洞，洞里有三个魔王，个个本领高强，最喜欢拦路吃人，尤其是第三个魔王，是个吃人狂。离狮驼岭不远有一个狮驼国，五百年前，三个魔王跑到城里，把国王和全城百姓吃得干干净净，一个不留。

不仅三个魔王吃人，他们手下的四万八千多个小妖，个个也都吃人。如今三个魔王听说唐僧来了，正紧锣密鼓地准备捉唐僧呢。

听了这话，唐长老吓得脸色铁青，扑通一声，从马上掉下来，摔得直哼哼。

据记者调查，这位神秘老人不是别人，正是太白金星。他知道唐僧师徒到了狮驼岭，特意化作一个老人，前来提醒他们当心妖魔。既然是太白金星，那么他的消息一定不会假。只是不知道面对如此强劲的对手，悟空他们能否顺利闯过难关，取到真经呢？

现场追踪

关键时刻，三根毫毛救命

　　太白金星走后，悟空便驾上筋斗云去打探消息。

　　他跳到山顶，四处张望，忽然看到一个小妖扛着令旗、敲着锣走过来。

　　上前一打听，原来这小妖名叫小钻风，是狮驼洞的三个魔王派来巡山的。悟空抽出金箍棒，一棒把小妖打死，摇身一变，变成小钻风的样子，径直走进狮驼洞，拜见三个魔王。老魔王问："小钻风，你去巡山，打听到孙悟空的下落没有？"

　　悟空说："打听到了。我看到孙悟空蹲在那里磨棒子，嘴里念叨说，要剥大大王的皮，剐二大王的骨，抽三大王的筋！"

　　老魔王一听，吓得忙喊："快关门，别让猴子进来了！"

　　悟空听了这话，忍不住扑哧一下，笑出声来。悟空这一笑，不小心露出了雷公嘴。

　　三个魔王认出悟空，勃然大怒，将他扑倒在地，拿绳子捆了，又命小妖抬出一个瓶子，把他装进去。这瓶子是个宝贝，名叫阴阳二气瓶，要是把人装在里边，一时三刻就会化成脓水。

　　再说悟空，在瓶子里蹲了半天，倒还阴凉，便笑着说："这妖怪吹牛。依我看，就算住个七八年也不成问题。"话音刚落，瓶子里腾地冒出火焰。

　　原来，这宝贝有个特性：人被装进去，假如一年不说话，一年阴凉；可一旦说了话，就有火来烧。

　　烈火烧了半个时辰，孙悟空发现全身毫毛都烧软了，唯独三根救命毫毛依旧坚硬。悟空大喜，拔下毫毛，喊声"变"，变出一把金刚钻，吭哧吭哧在瓶底钻了个孔，变成虫子钻了出去。

现场追踪

孙悟空被妖怪"吃"掉了

悟空回去后,让沙僧保护师父,自己和八戒去找妖怪索战。

三个魔王正在喝酒,听说悟空打上门了,急忙揭开阴阳二气瓶的盖子,一瞧,好大一个洞,阴阳二气都漏光了。

老魔王怒了,提起一把钢刀冲出门,质问悟空:"泼猴,我不去惹你,你怎么反而向我叫战?"

悟空说:"妖怪,要不是你算计吃我师父,我又怎么会来惹你!"

老魔王说:"不吃你师父也行,你过来,让我在你头上砍三刀,我就放唐僧过去。"

悟空笑着说:"妖怪,说话要算话。你就是从今年砍到明年,俺老孙也不怕。"说完,悟空便伸长脖子,让妖怪砍。

老魔王抖擞精神,双手举刀,对准悟空头顶就砍。悟空把头往上一迎,只听咔嚓一声,被劈成了两半。两半身子往地上一滚,变成两个悟空。

老魔王一看

慌了，问："你使的什么法术？"

悟空笑着说："妖怪，说出来不怕吓着你。你砍一万刀，老孙还你两万个人！"说完，他抡起棍子就打。二人一场好杀，打了二十多个回合，不分胜负。

八戒在一边看了，心里痒痒，举起钉耙冲上来，照老魔王脸上就耙。老魔王慌了，拔腿就跑。悟空大喊："追他！追他！"和八戒一同追上去。

老魔王眼看被追上了，身子一晃，现出原形，张开血盆大口，就来吞八戒。八戒害怕，急忙往草丛里钻了。悟空随后赶到，不但不躲，反而迎上去，被妖怪一口吞了。

八戒在草丛里见了，吓得急忙溜回去给唐僧报信。唐僧听说悟空被妖怪吃了，惊得一屁股坐到地上，捶胸顿足，放声大哭。

再说老魔王，大喜过望地回到洞里，先是灌盐水，后是喝药酒，想把悟空给弄死。哪知，悟空却像在他肚子里生了根，一动不动。老魔王又吐了半天，吐得头晕眼花，黄胆都破了，悟空就是不动，酒倒是喝了不少。

喝醉了，悟空在老魔王肚子里撒酒疯，左一拳，右一脚，扯着肠子荡秋千。老魔王疼得满地打滚求饶："齐天大圣饶命，我愿送你师父过山。"

悟空听了，这才从他肚子里钻出来，回去向唐僧报喜。

现场追踪

悟空再降二魔王

　　唐僧见悟空腾云回来，不由惊喜交加。悟空把妖怪洞里的事情说了一遍。唐僧大喜，急忙叫徒弟收拾行李，准备过山。

　　忽然，一个小妖前来传信："我家二大王要与你交战！"

　　悟空听了说："老妖怪已经被我降服了，一定是二妖怪还不服。他们是兄弟三个，这般讲义气；我们也是兄弟三个，难道就不讲义气？八戒，这次你去吧。"

　　八戒说："去就去，难道还怕他不成？不过，你得在我身上绑根绳。我要是赢了，你就把绳儿松开；要是输了，你就把我扯回来。"

　　悟空听了暗暗好笑，果真绑了根绳在他腰里。八戒举起钉耙，冲出去跟二魔王打。打了七八个回合，八戒招架不住了，急忙回头喊："哥哥，扯扯救命绳！扯扯救命绳！"悟空存心捉弄他，把绳子一放，八戒猝不及防，被二魔王捉去了。

　　唐僧见了，埋怨悟空不顾手足之情。悟空笑着说："师父别急，我这就去救他。"说完，悟空赶上去，摇身一变，变成一只小虫，叮在八戒耳朵根上。

　　二魔王将八戒拖回洞里，捆起来，丢进池塘里泡着，想等毛泡软了吃。

　　悟空飞到半空一看，只见八戒四脚朝天，半浮半沉，噘着嘴，呼呼地喘气，看着实在是好笑，不禁玩心大发，又捉弄了他一番，这才替他解开绳子。俩人一个挥着金箍棒，一个举着九齿钉耙，一路打出门去，不知打死了多少小妖。

　　二魔王得到消息，急忙提起一杆枪，出来跟悟空交战。二人

现场追踪

你来我往，打得天昏地暗，胜负难分。

二魔王忽然将鼻子一甩，变得一丈多长，要来卷悟空。悟空眼尖，把金箍棒一晃，变得一丈多高，再往长鼻子里一戳，一转，再一拉。二魔王疼得一动不敢动，任凭悟空扯着鼻子，去见唐僧。

唐僧见妖怪鼻子被扯得血淋淋的，心中不忍，合掌道："善哉，善哉。悟空，你告诉他，他要是肯送我们过山，就饶了他性命！"

二魔王听了，急忙跪下，口里呜呜地说："唐长老若肯饶命，我们兄弟三个一定用轿子抬您过山。"

悟空听了，又信了他的话，松开金箍棒，放他回去准备轿子。

现场追踪

差点被妖怪蒸了

　　二魔王没有说谎，不多久，一群小妖果然抬着顶香藤轿子来了。三个魔王恭敬地站在路边，请唐僧上轿。唐僧欢欢喜喜地上了轿子。一行人上了高山，沿着大路往前走。

　　走了几天，悟空忽然看到一座城池。只见城头冒着恶气，城中簇簇拥拥，全是些苍狼、白虎、角鹿、花豹之类的妖精，不见一个活人，不由得又惊又骇。原来，这里就是狮驼城。

　　悟空正惊惧间，忽然听到背后风响，一回头，唐僧和轿子已经不见了。八戒跟沙僧与三个魔王已经打了起来，一直打到傍晚，最后因为支撑不住，相继被捉。

　　悟空见二人被擒，心想双拳不敌四手，驾了筋斗云就跑。三魔王现出本相，变成一只大鹏，展开翅膀扇了两下，便追上悟空，一把将他抓住，与八戒、沙僧一同捆了，抬回宫殿。

　　老魔王见师徒四人都到手了，大喜，叫："小的们，快去刷锅、烧水。我们把这四个和尚蒸着吃了，大家一起长生不老。"

　　小妖们果真欢天喜地地去烧水了。二魔王忽然说："猪八戒不好蒸。"

　　八戒一听，欢喜地说："阿弥陀佛，不好蒸就不蒸了。"

　　三魔王说："不好蒸，剥了皮蒸。"

　　八戒慌忙喊："不要剥皮，不要剥皮，滚了就烂了。"

　　老魔王说："不好蒸的，放在底下一格。"

　　说话间，水滚了。老魔王命小妖将八戒抬到底下一格，沙僧抬到第二格，悟空抬到第三格，唐僧抬到第四格，盖上盖子。

　　三个魔王料想唐僧师徒逃不脱了，便命小妖们轮流烧火，自

现场追踪

己去睡觉了。

等魔王一走，悟空摸出几个瞌睡虫，一丢丢到几个小妖脸上，让他们睡着了。然后他揭开蒸笼，将唐僧、八戒和沙僧放出来。师徒四人收拾了行李，急忙往外溜。

事情偏有凑巧，三个魔王正睡着，不知怎么醒了，急忙披衣来看唐僧，却发现烧火的小妖都睡着了，蒸笼格子丢了一地，唐僧师徒不知所踪。

三个魔王大惊，喊："快去捉唐僧！快去捉唐僧！"于是他们领着一群大妖小妖，四处寻找。

三个魔王找了一会儿，在一堵宫墙边发现了唐僧师徒。原来，他们四人怕惊动魔王，不敢走正门，正在翻墙呢。

老魔王大喝一声："哪里走！"吓得唐僧手软脚麻，从墙上掉下来，被捉了个正着。二魔王捉了沙僧，三魔王捉了八戒，小妖们拖住了白龙马，只有悟空一个逃跑了。

阿弥陀佛，这群吃人不眨眼的妖怪！

现场追踪

妖怪竟然是**佛祖**的舅舅！

第二天，悟空变作一个小妖进了城，打听唐僧的消息。只听满城的妖怪都说："唐僧昨晚被大王生吃了。"

悟空听了这话，心如刀绞，泪似水流，一个筋斗翻到云里，放声大哭："师父啊——"

哭了半天，悟空心想："都怪佛祖没事找事，不将经书传到东土，偏要弄个什么三藏取经，害得我师父白白送了性命。罢了，罢了，我去找如来，叫他把经书给我，让我带回东土去，了了师父的心愿。"

悟空急忙驾起筋斗云，来到灵山，拜见了如来佛祖，悲悲切切，把事情经过讲了一遍。

佛祖听了说："悟空休要烦恼，那老怪、二怪分别是文殊、普贤家里的。至于那三怪，说起来与我还有些亲戚关系。他是一只大鹏，与我母亲孔雀同为凤凰所生。"

悟空听了大叫："这么说来，你还是那妖精的外甥呢。"

如来笑着说："那妖怪须得我亲自去，才能降服。"说完，如来便带着文殊、普贤两位菩萨，与悟空一同驾着祥云，

到了狮驼城。

如来对悟空说:"你下去把他引来,我自有办法收拾他。"

悟空落到城头,脚踏城墙,大骂:"妖怪,快出来受死!"

三个魔王听了,各自拿了兵器跑出来,见了悟空,二话不说就打。打了几个回合,悟空驾云就跑。三个魔王紧追不舍。悟空身子一闪,藏到佛祖的金光里。

老魔王、二魔王追到跟前,忽然见到文殊、普贤两位菩萨,吓得慌忙丢下兵器,打个滚,现出本相,原来是一头青狮、一头白象。

只有三魔王不服气,张开翅膀,冲到佛祖跟前,抬起利爪,要抓悟空。佛祖将手一指,三魔王立刻双翅发软,现出原形,变成一只大鹏,只能在如来头顶盘旋,无法飞远。

悟空这才出来,对佛祖说:"佛祖,如今妖怪降服了,可我师父也没了。"

大鹏听了,在一旁恨恨地说:"泼猴,谁吃了你师父?在王宫铁柜里锁着的不是!"原来,三个魔王为了安心吃唐僧,故意放出话来,说唐僧已经被他们吃掉了,好让悟空死心。

悟空大喜,急忙拜谢了佛祖,回到王宫,救出唐僧、八戒和沙僧。师徒四人死里逃生,饱餐一顿后,继续西行。

妖精帖 大鹏

- 全名叫金翅大鹏雕,是如来佛祖的舅舅。
- 是《西游记》书中速度最快的妖怪,翅膀拍一拍就是九万里,拍两拍就能追上孙悟空。
- 本领高强,活捉孙悟空不在话下。

现场追踪

 西游茶馆

大圣为什么老爱钻妖怪肚子？

大圣为什么总喜欢钻到妖怪的肚子里去？他不怕被妖怪消化掉吗？
——小狼妖

大圣铜筋铁骨，连太上老君的八卦炉都炼不化他，哪个妖怪消化得了他？你是不知道，钻妖怪的肚子最好玩了。肚子里暖和，又不透风，最适合过冬哩。
——老狼妖

万一妖怪打起禅来，整个冬天不吃饭，大圣岂不要饿死？
——小狼妖

大圣是和尚，论打禅，哪个妖怪打得过他？
——老狼妖

可是大圣是个猴子，他坐得住吗？
——小狼妖

当然坐不住，所以他就在妖怪肚子里翻跟头、竖蜻蜓、踢飞脚，把妖怪折腾得死去活来。
——老狼妖

嘻嘻，大圣可真会玩儿。
——小狼妖

悟空日记

×年×月×日　　　　天气：多云　　　　心情：

恐怖的狮驼岭

　　俺老孙当过妖怪，做过神仙，闹过天宫，下过地府，见过的世面不算少，可是这一次在狮驼岭上，俺老孙算是大开了眼界。

　　俺老孙一进那妖怪的山洞，就见骷髅若岭，骸骨如林。若不是俺老孙天生一副英雄胆，换作个凡人进来，就活活吓死了。

　　等到了那狮驼国，更是一番群魔乱舞的景象。

　　离城池还有一里多路，就见城中恶气冲天。俺老孙仔细一看，只见城里簇簇拥拥，都是些妖魔鬼怪。那守城门的、摇旗呐喊的、做买卖的、挑担的、街上往来行走的，尽是些老虎、角鹿、狐狸、巨蟒，一个人影都不见。

　　俺老孙纵然胆大，也被吓得跌了一跤。那太白金星说得果然不假，这狮驼岭上的三个魔王，这些年来不知吃了多少人，想想实在叫人心惊。

　　俺老孙一路西行，见过的妖魔鬼怪不胜其数，但像狮驼岭的三个魔王这般能吃人的，还是第一次见到。若西行路上尽是这般凶魔，只怕取不到真经了。

（作者　孙悟空）

明星来了

特约嘉宾：八戒

嘉宾简介：猪八戒，又叫猪悟能，唐僧的二徒弟，贪生怕死，好吃懒做就不说了，还喜欢挑拨离间。每次一到难处，就要分行李散伙，回高老庄看他的前妻高翠兰。因此悟空对他很恼火，常常找机会捉弄他。

越越：八戒，你是不是又跟你大师兄闹矛盾了？

八戒：你怎么知道的？

越越：你跟二魔王打架的时候，他不是松了你的绳子？

八戒：这该死的弼马温！之前他跟大魔王打的时候，被大魔王一口吞了，我以为他死了，心想猴子没了，西天也去不成了，就跑回来跟沙僧分行李。没想到猴子命大，回来刚好看到这一幕，对我怀恨在心，所以趁我跟二魔王打的时候，故意捉弄我老猪，叫妖怪把我抓走了。

越越：八戒，这就是你的不对了。眼看西天都快到了，你怎么还想着分行李散伙？

八戒：你是不知道，没了大师兄，西天路一步也走不动，不早点散伙，难道我们三个原地坐到老？

越越：好吧，听你这么一说，似乎还挺有道理的。

八戒：这个遭瘟的弼马温，害得我被妖怪抓走后，还跟上来捉弄我。

越越：他怎么捉弄你了？

八戒：当时我被妖怪捆了丢到池塘里泡着。猴子不知变成了什么虫儿跟上来，飞到我耳朵边上，骗我说他是地府的勾魂使者，奉了阎王的令，前来

明星来了

勾我的魂哩。

越越：哈哈，你相信啦？

八戒：我没他那种识人的神通，以为真是阎王差来勾魂的，吓得屁滚尿流，求他今儿先放过我，等明儿再来勾。

越越：今儿勾和明儿勾有什么区别吗？

八戒：你不知道，猴子跟阎王是老熟人。我想等猴子来了，叫他跟阎王说说情，把我放了。

越越：哈哈，你想得倒美，可是那勾魂使者就是悟空变的，他怎么肯轻易放过你？

八戒：这猢狲，装成勾魂使者来唬我，原来是为骗我老猪的私房钱。他听我求他，就跟我索贿，好叫我把私房钱交出来。

越越：咦，你一个出家人，哪来的私房钱？

八戒：可怜，可怜，我这一路西行，遇到有些善信的人家，见我食肠大，给的衬钱（施舍给僧人、道人的钱物）比他们略多一些。我就攒起来，零零碎碎有五钱银子。因为不好收拾，前些日子在城里，我求了个银匠把它们煎在一起。他又没天理，偷了我几分，只剩四钱六分，被我藏在耳朵眼儿里。想不到千藏万藏，还是被那猢狲哄走了。

越越：哈哈，谁叫你藏私房钱的。你们师徒四个，别人都没有，就你有，你不该反省反省吗？

八戒：我这点私房钱，都是从牙齿上刮下来的。我舍不得买来吃，想留着买匹布做件衣裳，有什么错？

越越：好像怎么说你都有理啊！不过八戒，你动不动就分行李散伙，说明你意志不坚；你留私房钱，说明你暗藏私心；你还时不时撺掇唐僧念紧箍咒，挑拨离间，你是不是也该反省反省自己啦？

八戒：哼哼，你该不是猴子派来的吧？

越越：当然不是。

八戒：我不信，看你平时那么巴结猴子，一定是他撺掇你来说我的。哼哼，我老猪才不上当哩（扛起钉耙走了）。

越越：哎，八戒！八戒！天蓬元帅——

戒了五荤三厌，所以叫"八戒"

穿穿："八戒，刚才我兄弟越越叫你，你怎么不答应？"
八戒：我老猪耳朵大，遮住了，没听见。

小龙女：大家都说你长得丑，你怎么想？
八戒：我老猪是耐看型的，乍一看长得丑，再仔细看看就俊了。（把脸一抹，一秒变帅哥）你看，是不是俊多了？

龟将：听说你大师兄最喜欢钻妖怪的肚子，你有什么看法？
八戒：大家都知道，猴哥他是石头缝里蹦出来的，没有经过娘胎的十月孕育。也许是这个原因，他经常去钻别人的肚子，趁机感受一下。

鲤鱼总兵：你走了几万里路，怎么还不瘦？
八戒：我老猪怎么没瘦？比在高老庄的时候可瘦多了。我本来有三个下巴，你看，现在就只有两个了。

桃花女：你为什么叫猪八戒？因为你手上戴了八个戒指吗？
八戒：我自从在观音菩萨那里受了戒，就戒了五荤三厌。你可能不知道五荤三厌是什么，那我跟你解释一下：五荤，就是五种辛味的蔬菜；三厌，就是三种肉类。这些都是斋戒时不能吃的东西。后来师父收我时，听说我不吃五荤三厌，就给我取了个浑名八戒。

小青猪：猪刚鬣也是你的名字吗？
八戒：那是我老猪做妖怪时的名字，不提也罢。

广告墙

招贤纳士

我们狮驼岭人才济济，队伍庞大：南岭有五千小妖，北岭有五千小妖；东路口有一万，西路口有一万；巡哨的有四五千，把门的也有一万；烧火的无数，砍柴的也无数，共计四万多妖魔。欢迎各位有志之士加入我们，让我们共创一个更加强大的妖魔团，打造妖魔界的奇迹。

——青狮

谨防孙悟空变苍蝇

巡山的小妖们听着，孙悟空诡计多端，最喜欢变苍蝇。大家在巡山的过程中，一旦看到形迹可疑的苍蝇，立刻打死！

——白象

不许吓唬唐僧

众小妖听着，等捉到唐僧，大家不许敲锣打鼓，以免吓到他。唐僧不禁吓，一吓就肉酸不好吃了。

——大鹏

第21期 四探无底洞

本期关注

唐僧在松树林里救了一个女子,没想到这女子是个妖精。她把唐僧抓到一个无底洞里,要跟他成亲呢。悟空前去营救师父,却一次又一次失败,直到发现这妖精有一个特殊的身份……

顺风快讯

唐僧又救了个妖怪
——来自黑松林的快讯

（本报讯）近日，唐僧师徒路过一片黑松林时，唐长老一时糊涂，又救了个心存不良的妖怪。

那天，师徒四人正在松林里走着，忽然听到有人喊救命。过去一看，原来是个年轻貌美的女子，上半截绑在一棵大树上，下半截埋在土里。

女子哭哭啼啼地说，她跟父母去扫墓，半路上遇见强盗，亲人都跑散了。只有她被强盗抓住，掳到山里做夫人。谁知大大王、二大王和三大王同时看上她，兄弟几个争吵不过，一气之下，把她绑到大树上，饿了几天几夜，就快断气了。

唐长老是个慈悲心肠的人，听了这话，眼泪立刻就掉下来，声音哽咽地唤来徒弟，让他们解开女子的绳索，带她上路。

悟空用火眼金睛一瞧，只见那女子头上黑气滚滚，不用说，肯定是个妖怪，就劝师父不要救。可是唐长老哪里肯听？他不但救了人，还把白马让给妖怪骑，自己下马步行。

不知这妖怪是何方来历？抓唐僧是为了吃肉还是有其他目的？敬请关注本报接下来的报道。

镇海禅林寺和尚失踪事件

师徒四人救了女子,又走了二三十里,天色将晚,忽然看到一座寺庙,门口写着"镇海禅林寺",于是进去投宿。

第二天醒来,唐僧头昏眼涨,全身酸痛,原来是得了伤风。师徒四人便在寺里住下来。

一连过了三天,这天早上,唐僧忽然喊口渴,悟空取了个钵盂,去厨房给他找水喝,忽然见一群和尚聚在那里,一个个眼圈通红,抽抽搭搭地哭。

悟空说:"你们这些和尚,也太小家子气了。我们才住了几天,吃了你们多少粮食,你们就哭成这样?"

和尚们忙解释说:"长老误会了,误会了。"原来,自打唐僧师徒来了后,一连三天,寺里每晚都有两个小和尚失踪,出去找,只找到僧帽、僧鞋和几具白骨,想是尸体被妖怪吃了。

悟空一听,兴趣来了,说:"和尚们,不要怕,看我今晚替你们拿下这妖怪。"

等天色晚了,悟空摇身一变,变成一个乖巧伶俐的小和尚,敲着木鱼,念着经,坐在佛殿里等着。

到了三更时分,忽然一阵香风刮过,一个美貌女子摇摇摆摆地走过来,正是唐僧三天前在松树林里救的女子。她走到悟空跟前,一把搂住,笑嘻嘻地问:"小长老,念的什么经?"

悟空只管念经,不答话。

女子又说:"我跟你去后园耍耍。"悟空仍不答话。

女子拉起悟空的手,就往后园走。悟空心想:"那几个和尚,一定是被这妖怪吃了。"于是他一跃而起,现出原形,抡

现场追踪

起金箍棒就打。

女子大吃一惊,急忙也现出原形,原来是只白毛老鼠精。白鼠精架起两柄宝剑迎敌。俩人在后园里一阵好杀。打了一阵,白鼠精眼看抵挡不住,拔腿就跑。

悟空大喝一声:"妖怪,哪里逃!"紧追上去。白鼠精脱下一只绣花鞋,吹口仙气,念声"变",变成自己的模样。真身一晃,化成一阵清风走了。悟空赶上去,一棒把"白鼠精"打下来,一看,却是只绣花鞋。

悟空心想不好,急忙去看师父,只见八戒和沙僧正呼呼大睡,唐僧早不见了。

现场追踪

悟空一探无底洞

等到天亮，悟空走到黑松林里，取出金箍棒，一阵乱打，打出两个老头儿，一个是山神，一个是土地。

悟空责问道："好你个山神、土地，勾结妖怪，抢我师父！如今那妖怪藏在哪里？快快从实招来！"

山神、土地大呼冤枉："大圣错怪我们了。那妖怪不是小神山上的。往南一千里，有座高山，叫陷空山，山中有个洞，叫作无底洞。妖怪就住在那洞里。"

悟空听了，急忙和八戒、沙僧驾云赶到陷空山。只见山上有座牌楼，上面写了六个大字"陷空山无底洞"。再仔细一看，牌楼下面有块大石头，正中间有缸口大一个洞，被人爬得光溜溜的。往里一看，深不见底。

悟空交代了八戒、沙僧一番，纵身一跳，跳进洞里，不知过了多久，才到洞底。只见里面有光、有风，鸟兽鱼虫、花草树木，应有尽有，倒是个洞天福地。

悟空摇身一变，变成一只小虫，飞进去找唐僧。他飞了一会儿，看到一座亭子。只见白鼠精坐在亭子里，打扮得花枝招展，喜滋滋地叫："小的们，快安排宴席，我与唐僧哥哥吃了成亲。"

悟空暗暗好笑，又飞到别处去找，只见唐僧正在廊下坐着哩。悟空拍拍翅膀，一飞飞到唐僧的光头上叮着，叫道："师父！"

唐僧听出声音，急忙叫道："徒弟，快救我性命！"

悟空笑着说："师父，那妖怪看上你了，要与你成亲哩。"

唐僧咬牙切齿地说："徒弟啊，我就是死，也不与这妖怪成亲！"

现场追踪

悟空笑着说:"好好好,俺老孙救你出去就是。只是她这个洞,直上直下,进来容易,出去却难。"

唐僧听了,双眼垂泪道:"悟空!这怎么办才好?"

悟空说:"没事,没事。那妖怪等下要跟你喝交杯酒。你斟酒的时候,斟出个酒花来,我变作小虫,飞到酒花下面。等她一口把我吞下肚去,我就弄痛她肚子,救你出去。"唐僧答应了。

正当这时,白鼠精娇滴滴地走过来,挽着唐僧走到亭子里,要与他喝交杯酒。

唐僧胆战心惊,强打起精神,斟了一杯酒,果然斟出一个酒花。悟空见了,轻轻飞到酒花下面。

白鼠精接了酒,却不急着喝,把酒杯放一边,与唐僧拜了两拜。等她举杯时,酒花已经散了,露出个小虫来。白鼠精以为是小虫,用小指头挑出来,往地上一弹。

悟空眼看计划失败了,摇身一变,变成一只饿老鹰,轮开翅膀,哗啦一声,掀翻酒席,飞走了。

悟空!这怎么办才好?

悟空二探无底洞

悟空飞到洞外，现出本相，把事情跟八戒、沙僧说了一遍，说完又翻身跳进洞里，又变成一只小虫，飞到廊下，叮在唐僧的光头上，叫了声："师父！"

唐僧听出悟空的声音，急忙叫道："悟空，快救我！"

悟空说："我刚才飞进来时，看到一个花园，园里有棵桃树。等会儿我变成一个红桃子，你哄她去花园里，摘给她吃。"

师徒两个商量好了，唐僧站起身来，叫："娘子，娘子。"

白鼠精听了心花怒放，笑嘻嘻地跑过来问："唐僧哥哥，有什么话说？"

唐僧说："娘子，我前几天生了病，今天好了一些，想去花园里走走。"

白鼠精十分欢喜，搀着唐僧，往花园里走。走到桃树下，唐僧见满树青桃，只有一个红的，就摘下来，递给白鼠精，说："娘子，这个红的给你吃。"

白鼠精欢喜地接过来，张开嘴巴，来不及咬，悟空一筋斗翻进她喉咙里，钻进她肚子里，说："师父，老孙已经得手了！"

唐僧交代说："徒弟小心一些。"

白鼠精听了问："唐僧哥哥，你和谁说话哩？"

唐僧说："我跟我徒弟孙悟空说话。"

白鼠精问："孙悟空在哪里？"

唐僧说："你刚才吃的那个红桃子……"

话音刚落，悟空抡起拳脚，左一拳，右一脚，几乎把妖怪的肚子捣破。白鼠精疼得受不了了，急忙叫小妖把唐僧送出无底洞。

现场追踪

妖怪原来是李天王的"女儿"

悟空见唐僧被送出洞了，取出金箍棒，吹口仙气，变成个枣核，从白鼠精肚子里跳出来，拿起金箍棒，与她一场好杀。

八戒和沙僧见了，心里痒痒，丢下师父，也冲上去助战。白鼠精连悟空一个都抵挡不住，见又来两个，急了，转身就跑。兄弟三人紧追上去。白鼠精故伎重施，脱下一只绣花鞋，叫声"变"，变成自己的样子。真身一晃，化成一阵清风飞走了。

再说八戒，一耙把白鼠精耙下来，一看，原来是只绣花鞋。悟空大叫不好，忙去看师父，发现唐僧早不见了。

悟空只好再次跳进无底洞。只见洞里静悄悄的，一个人也没有。唐僧也不知被弄到哪里去了。

悟空找了半天，忽然闻到一阵香烟味，找过去一看，原来是个供桌，桌上有个大香炉，供着两个牌位，一个写着"尊父李天王之位"，一个写着"尊兄哪吒三太子位"。悟空见了大喜，也不找妖怪了，把金箍棒放进耳朵里，抱起牌位，笑哈哈地出了洞。

八戒、沙僧迎上来，问："哥哥这么欢喜，想是救出师父了？"

悟空笑着说："不用我们救，只问这牌子上的要人。"说完，悟空便把牌位拿给八戒、沙僧看。

二人看了大喜："原来这妖怪是李天王的女儿，哪吒三太子的妹妹。"

悟空笑吟吟地说："你们两个在这守着，等老孙拿着这牌子去找玉帝告状。"说完，他一筋斗翻到天庭，给玉帝呈上牌位，告了李天王一状。

玉帝急忙召太白金星去宣李天王见驾，又叫悟空也跟着去。

现场追踪

李天王一听,大发雷霆:"这猴头实在无礼,我只有一个女儿,今年才七岁,如何做得了妖怪?"说完,李天王叫手下把悟空绑了,拿起一把刀,要砍悟空的脑袋出气。

哪吒从一边闪出来,用剑驾住李天王的刀:"父王息怒。"

李天王大惊,问:"孩儿有什么话说?"

哪吒说:"父王,您忘了,您在下界收过一个干女儿,是只白毛老鼠精。"

李天王这才想起,急忙给悟空松绑。悟空却在地上打滚撒泼:"哪个敢解我?要抬,连绳儿一起抬去见玉帝。"吓得李天王手足无措,哀求太白金星给他求情。

太白金星劝说悟空道:"大圣,天上一日,地上一年。你再跟天王闹下去,你师父别说成亲,连小和尚都生出来了。"

悟空一听也对,赶忙从地上爬起来。李天王大喜,急忙给他解开绳索,命哪吒清点兵马,下界捉妖。

哪吒领着天兵天将闯进无底洞,找到白鼠精。白鼠精赶忙磕头求饶。哪吒说:"奉玉帝的旨意捉拿你,求饶也没用。"说完,哪吒命天兵拿缚妖绳将白鼠精捆了,带回天庭。

悟空谢了李天王,进洞救出唐僧。师徒四人又上路了。

现场追踪

李天王怎么收了个妖怪女儿?

这个李天王也真是的,身为鼎鼎有名的托塔天王,天庭的一员得力大将,怎么就收了个妖怪做干女儿呢?真不知道他是怎么想的!

——天兵甲

这事说来话长。三百年前,那白毛老鼠精刚刚成精的时候,常常跑到灵山偷吃如来的香花宝烛。如来烦了,派李天王和哪吒三太子出兵,把她捉了。本该打死,可如来慈悲,叫李天王饶了她一命。那妖怪感恩戴德,拜李天王为义父,哪吒三太子为义兄,还设了两个牌位,天天上香供奉。要不是因为她这次抓了唐僧,李天王哪里还记得这回事呀?

——天兵乙

说起来,这白鼠精也算是个有情有义的妖精。可她错就错在不该打唐僧的主意,这下可好,不但自己倒了霉,还差点连累了李天王父子。

——南天门守将

所以呀,你们这些小神仙,一定要吸取李天王的教训,不要随随便便收什么干儿子、干女儿,别人的香火不是那么好受的,搞不好哪天闯了祸都不知道。

——太白金星

沙僧日记

X年X月X日　　　天气：阴　　　心情：

不长记性的师父

　　说实话，师父这次被妖怪抓走，怪不了别人，要怪就怪他自己不长记性，又把妖怪当好人。

　　记得好多年前，在白虎岭上时，师父就是因为是非不分，被白骨精耍得团团转，还把大师兄给赶跑了。

　　那一次就算了，毕竟大家刚上路，还没什么对付妖怪的经验。可是后来，在平顶山上，银角大王变成一个摔断腿的老道士求救时，师父又把他当好人，还叫大师兄背他，结果妖怪弄来几座大山，把大师兄压得吐血了。真心疼大师兄啊！

　　师父吃了两次亏，还不长记性，后来在钻头号山上，又轻易上了红孩儿的当。

　　同样的手段，妖怪对师父用了三次，就是个傻子也该记住了吧。可这次在黑松林里，大师兄明明告诉师父，那女子是个妖精，师父却不信，硬是要救，结果害得自己被妖怪抓走不说，还连累了镇海禅林寺几个小和尚的性命。

　　我知道师父救人，是一片慈悲之心，可他却没想过，他泛滥的同情心给别人带来了多少麻烦和灾难。

　　唉，都有了四次教训了，希望师父能长点记性吧（虽然明知道不大可能），别再轻易上妖怪的当了。

（作者　沙悟净）

明星来了

特约嘉宾：李天王

嘉宾简介：李靖，道教的护法神。因为左手总托着一座玲珑宝塔，又被称为"托塔天王"。这人性格孤傲，一身正气，但脑子却一根筋，不会拐弯，还有点儿冷血，很容易做出大义灭亲的事情来。

越越：李天王您好，请问您家里有几个小孩呀？

李天王：我有三个儿子，一个女儿。除小女儿贞英年方七岁，不通人事外，几个儿子都长大成人了。

越越：那白毛老鼠精……

李天王：（头痛）那妖精……不提也罢。

越越：呃，那好吧。说说您的三个儿子怎么样？

李天王：我大儿子金吒，在灵山侍奉如来佛祖，做前部护法。二儿子木吒，在南海给观音菩萨做徒弟。小儿子哪吒，跟随我在天庭护驾。他们几个都挺有出息的，我很满意。

越越：这么说，只有哪吒陪在您身边喽。你们父子之间的感情一定很亲密吧。

李天王：（皱眉不语）……

越越：咦，莫非您有什么难言之隐？

李天王：我这小儿子，也不知是个什么东西投胎。当年他母亲怀胎三年，才生下他来。他刚出生的时候，是个圆滚滚的大肉球。我差点没被吓死，一剑把球劈开，才看到里面坐了个婴儿。

越越：（擦汗）李天王，就

明星来了

算是肉球，也是您亲生的肉球，您怎么忍心拿剑砍他啊？

李天王：哼，若是妖怪投胎，一剑砍死又何妨？

越越：……

李天王：唉，这孩子，从小就给我到处闯祸。他三岁的时候，去东海洗澡，把龙王的水晶洞弄垮了。人家龙王三太子出来找他理论，他就把人家捉住，抽筋扒皮。唉，（揉太阳穴）我李靖怎么就生出这么个顽劣的东西！

越越：（汗）那后来呢？

李天王：龙王痛失爱子，怎肯善罢甘休？我本来想亲手杀了这逆子，平息祸端。谁知这逆子一怒之下，居然把刀抢过去，割肉还母，剔骨还父，跟我们一刀两断了！

越越：三岁脾气就这么烈啊……啊，等等，割肉还母，剔骨还父，那还能活吗？

李天王：自然是不能活了。

越越：那我刚才看到的哪吒三太子……（毛骨悚然）

李天王：你别怕。小儿是死过一回，但后来复活了。他死后，魂魄径直飘到西方极乐世界，向佛祖求救。佛祖大发慈悲，用莲藕作骨，莲叶为衣，念动起死回生的真言，将他复活了。

越越：原来是这样啊。那你们父子是怎么和好的？

李天王：什么和好？那逆子复活后，气冲冲地来找我报剔骨之仇。我打又打不过，逃又逃不脱，差点把命都丢了。

越越：啧啧，好一幕父子相残的悲剧。

李天王：唉，最后我没办法，只好去西天求如来佛祖救命。佛祖赐了我一座玲珑宝塔。喏，就是这座（向记者展示手中的宝塔）。你看这塔上霞光艳艳，层层有佛。哪吒自打重生后，以佛为父，因此见了这塔，就不敢再打我的主意了。

越越：难怪您整天托着个宝塔到处跑，原来还有这么一出啊。哎，话说假如哪天您忘了托塔，被哪吒撞见了怎么办？

李天王：（正色）事关身家性命，我绝不会忘的。

越越：呃，好吧，那只能祝您好运啦。

我跟猴子不对付

瘟神：你夫人是谁呀？
李靖：这个要保密。

牛力士：你天生就是神仙吗？
李靖：并非如此。我原本是陈塘关的总兵，跟你一样，也是一介凡人，后来修成仙道，才做了神仙。

金池大仙：你怎么看孙悟空？
李靖：我跟这猴子不对付，五百年前就是对手，五百年后又差点栽到他手里。

镇山太保：听说你脾气挺大，是不是真的？
李靖：我脾气是挺大，你没事最好别惹我。

小龙女：你用什么兵器呀？
李靖：戟、刀都用，另外，我这玲珑宝塔也是件宝器。

王婆婆：你这宝塔是什么做的呀？
李靖：黄金，纯金的。

李四：你最后悔的事情是什么？
李靖：收了个妖怪做干女儿。

广告墙

告徒弟

　　古人说得好：勿以善小而不为，勿以恶小而为之。出家人慈悲为怀，更要多多积德行善，才好去西天拜佛求经。望徒儿们记住我的话，多多行善。尤其路上遇到有人求救，千万莫要冷眼旁观。

——唐僧

为御弟祈福

　　朕刚刚接到御弟的来信，说他最近生了重病，正在镇海禅林寺里休养。朕听了十分心痛，特命满朝文武大臣与我一起为御弟祈福，祝御弟早日康复。

——大唐皇帝李世民

防鼠公告

　　前段时间，大雷音寺里的香花和蜡烛被老鼠啃得很不像样，请寺里的罗汉、菩萨们多多留意，不用的香花、蜡烛请妥善收藏，谨防老鼠再来偷吃。

——如来佛祖

第22期 王子拜师

本期关注

悟空、八戒、沙僧经过玉华县时，各自收了城里的一个小王子为徒，教他们武艺。谁知却引来了一只黄狮精，将三人的兵器偷走了。这下可糟了，没有武器，兄弟三个还怎么降妖伏魔？

顺风快讯

唐僧师徒已到达天竺国
——来自天竺的快讯

（本报讯）师徒四人一路历经磨难，徒步走了十万里路程，终于进入天竺国边境了！

天竺是佛教的发源地，传说中的大雷音寺就在这里。也就是说，师徒四人的取经任务已经接近尾声啦！

唐僧师徒到达的地方，是天竺国的玉华县。城中主人是玉华王，贤能好德，深受子民爱戴。

玉华王热情地接待了唐僧，又叫人宣他三个徒弟前来吃斋。谁知悟空三个一进来，把一群官员吓得魂飞魄散。他们见了悟空，只喊"猴精！猴精"；见了八戒，连喊"猪妖！猪妖！"；见了沙僧，只叫"灶君！灶君！"。

唐僧一头冷汗，只好耐心向大家解释，他这三个徒弟虽然长得丑，但是心很善。即便这样，玉华王还是吓得手脚发软，一阵风似的退回王府了。

三个丑徒弟将玉华王惊吓了一场，不知会不会惹出什么麻烦来呢？敬请关注本报接下来的报道。

现场追踪

王子拜师

玉华王回到府中,依旧惊魂未定。府里有三个小王子,见了问:"父王为何事惊慌?"

玉华王就将刚才的事情说了一遍。三个小王子跟父亲不同,天生争强好胜,听了这话,一个个捋起袖子说:"什么取经的和尚,莫非是从哪个山里来的妖精?"说完,大王子拿了一条齐眉棍,二王子抡了一把九尺耙,三王子举起一柄黑手杖,雄赳赳、气昂昂地闯进饭厅。

小王子大喝一声:"你们到底是人是妖?快快从实招来!"

唐僧吓得面容失色,丢下饭碗,双手合十道:"贫僧是从大唐而来,去西天取经的和尚,不是妖怪。"

小王子说:"你倒还像个人。那三个丑的,一定是妖怪!"说完,三个小王子一个举棍,一个举耙,一个举杖,就要来打悟空三人。

八戒见了二王子的耙,笑嘻嘻地说:"你那耙,只能给我的做孙子哩。"说完,八戒从腰间取出耙来,晃一晃,金光万道,瑞气千条,把个二王子吓得手软筋麻,不敢轻举妄动。

悟空见大王子举着一条齐眉棍,跳啊跳的,也从耳朵里掏出金箍棒,晃一晃,变得碗口粗细,往地上一杵,杵了三尺深,说:"我把这棍子送给你吧。"

大王子丢了自己的棍,去拔金箍棒,憋得满脸通红,金箍棒却一动不动。

小王子冒冒失失,举起黑手杖来打沙僧,被沙僧一手拨开,沙僧取出降妖宝杖,掂一掂,霞光艳艳,直冲云霄。

现场追踪

三个小王子这才知道遇见高人了,急忙下拜:"神仙,神仙,我等凡人有眼不识泰山,得罪了,得罪了。"

玉华王随后赶到,见了悟空三人的神兵器,大喜过望,说:"几位长老果然是天上神仙下凡。我有三个儿子,个个喜欢舞刀弄枪,不知三位长老能否大发慈悲,收小儿为徒?"

悟空三人一听,都笑呵呵地答应了。

玉华王十分欢喜,立刻命三位小王子拜见三位师父。

悟空问:"不知他们三人要学什么武艺?"

玉华王说:"愿使棍的就使棍,惯使耙的就使耙,爱用杖的就用杖。"

于是,大王子跟悟空学棍,二王子跟八戒学耙,小王子跟沙僧学杖。

妖怪要开钉耙会

学了几天，三个小王子想命工匠依照各自师父的神兵器，打造三件一模一样的兵器。

玉华王便找来铁匠，买了上万斤铁，在王府前院搭上锅炉，照着金箍棒、九尺耙、降妖宝杖的样子，开始铸造。铁匠日夜赶工，一天晚上，因为太辛苦，便睡着了。第二天早上起来一看，三位师父的兵器都不见了！

众人大惊，急忙去找，可哪里找得到？悟空心想："我们这宝贝不比凡间兵器，这几天搁在前院里，夜夜放出万道霞光，多半是哪个妖怪看到偷走了。"于是悟空问玉华王："你这城周围，可有什么山林妖怪？"

玉华王说："我这城北有座豹头山，山上有个虎口洞，据说里面住了个黄狮精。"

悟空笑着说："不用说，一定是他偷的！"说完，他便告别师父，一筋斗翻到豹头山上，正四处张望，忽然看到两个狼头小妖从大路上走来。

悟空摇身一变，变成一只蝴蝶，偷偷跟在两个小妖后边。只听一个小妖说："二哥，大王昨天夜里得的三件兵器，果然是无价之宝。听说大王明天还要开钉耙会哩。"

另一个小妖说："是啊，所以大王叫我们去集市上买猪羊。"

悟空听了暗喜，使了个定身法，将两个小妖定住，一搜果然搜出二十两银子，还有两个牌，一个写着"刁钻古怪"，一个写着"古怪刁钻"。

悟空取了银子，解了牌，回到王府，邀上八戒和沙僧，变成

现场追踪

小妖模样，赶着一群猪羊，直奔豹头山。走到半路，又遇见一个青脸红毛的小妖，便上前搭讪。原来小妖是去送请帖的，请黄狮精的爷爷来参加钉耙会。

三人告别小妖，沙僧笑着说："这个黄狮，想必是头金毛狮子成精，只是不知道他爷爷是个什么东西。"兄弟三个说说笑笑，赶着猪羊，径直进了虎口洞。

黄狮精见了，问："你们两个回来了？买了多少猪羊？"

悟空回答说："买了八口猪，七头羊，总共二十五两银子。只给了人家二十两，还欠五两。"然后他指着沙僧说："这个就是客人，跟我们回来拿银子的。"

黄狮精听了说："小的们，取五两银子，打发他回去。"

悟空又说："这个客人，还想看看钉耙会。"

黄狮精大怒："你们买东西就买东西，怎么向人家透露开钉耙会的事？"

八戒赶忙说："大王如此神通，还怕宝贝被抢去吗？给他瞧一眼又如何？"

黄狮精听了，转怒为喜，叫人领沙僧去看宝贝。兄弟三人走到一个厅里，只见正中间的桌上，高高供着一柄九齿钉耙，东边靠着一根金箍棒，西边靠着一把降妖宝杖。八戒扑上去，取了钉耙就是一阵乱打。悟空、沙僧也各自拿了兵器，与黄狮精打了起来。

打了一会儿，黄狮精抵挡不住，逃跑了。兄弟三人一把火将妖怪洞烧得干干净净，欢欢喜喜地回了城。

现场追踪

现场追踪

和尚大战狮子精

黄狮精败下阵后，直奔竹节山。那山里有一座九曲盘桓洞，正是老妖怪的住所。

老妖怪听了事情经过，冷笑说："好贤孙，等我跟你去，把那孙悟空连同玉华王一同抓来给你出气！"说完，老妖怪清点了猱（náo）狮、雪狮、狻猊（suān ní）等众孙，连同黄狮，一共七个狮子精，直奔城中而来。

悟空听说妖精来了，与八戒、沙僧出城迎敌。

三个和尚，八个狮子精，见面就打，一直打到天色将晚。结果，八戒累得口吐白沫，脚下发软，败下阵来，被抓走了。悟空与沙僧呢，到天黑时，抓了两个狮子精。

第二天早上，九头狮子精领着五个狮子精又来索战。悟空、沙僧与五个杂毛狮子打得正欢，九头狮子精驾着黑云，到城楼上，脖子一晃，伸出九个脑袋九张口，一口叼唐僧，一口叼八戒，一口叼玉华王，一口叼大王子，一口叼二王子，一口叼小王子，还空了三张口，喊道："我先走了！"

悟空急了，伸手把胳膊上的毫毛拔了一把，喊声"变"，变出千百个小悟空，把五个狮子精拖的拖，扛的扛，全抓走了。

第二天，悟空领着沙僧去九曲盘桓洞索战。九头狮子精也不拿兵器，见了悟空，也不说话，脖子一甩，张口把悟空、沙僧两个叼到嘴里，随后叫小妖拿来绳索，将二人捆了丢进洞里，与唐僧、八戒和国王父子堆到了一起。

妖怪原来又是仙兽下凡

等到半夜，妖怪们都睡着了，悟空将身子一缩，从绳索中脱出来，又去解救沙僧，八戒急了，忍不住嚷："哥哥，我手脚都捆肿了，怎么不先解我？"这一嚷，惊醒了九头狮子精。

九头狮子精一骨碌爬起来问："是谁在解人？"

悟空听了，顾不得众人，舞起金箍棒，打破大门逃跑了。这时，一群暗中保护唐僧的神仙押着一尊土地前来拜见，说："大圣，他是竹节山的土地，一定知道那妖怪的来历。"

土地战战兢兢地磕头说："大圣，那妖怪是个九头狮子精，号称九灵元圣。要降服他，须得去东极妙严宫，请他的主人来。"

悟空听了，揣摩道："东极妙严宫的主人，不是太乙真人吗？听说他坐下有个九头狮子，这么说——"于是悟空急忙驾起筋斗云，去了妙严宫。太乙真人听说此事，叫人去查看，只见狮奴躺在地上呼呼大睡，九头狮子果然不见了踪影。

太乙真人急忙跟悟空腾云到了竹节山。悟空一跳跳到洞口，破口大骂："妖怪，还我人来！妖怪，还我人来！"

九头狮子精被骂得心头火起，跑出来，摇头晃脑，追上去要叼悟空。只听太乙真人大喝一声："元圣儿，我来了！"

九头狮子精认得是主人，不敢施展法力，四脚伏在地上，磕头不止。太乙真人骑上狮背，呵斥了一声，径直回妙严宫了。

悟空向着半空道了声谢，进洞解救了众人，又一把火将妖怪洞烧得精光，这才回玉华城去了。

西游茶馆

黄狮精，不识货！

奇怪，这个黄狮精开什么钉耙会，应该开金箍棒会才对吧。金箍棒明明比九齿钉耙更厉害呀，黄狮精也太不识货了。
——清风

也不能怪人家不识货。只是这三件兵器里，有两个棒，一个耙。俗话说"物以稀为贵"，所以钉耙就显得更宝贵一点。
——明月

是啊，而且钉耙做工精细，又会放光，摆在中间会更好看。再说一边摆一根棍子，也显得对称不是？
——九曜星

依我看，金箍棒也未必比九齿钉耙厉害。九尺钉耙由太上老君和众神仙费尽周折，精心铸造而成。它原本是献给玉帝，用来镇压天宫的宝物，后来才被赐给天蓬元帅做武器。

而金箍棒呢，虽然也是块神铁，可它终究只是个测江海深浅的定子，被搁在龙宫那么多年都没人理睬，想必也不是什么了不得的宝贝。大家觉得金箍棒厉害，不过是因为使金箍棒的猴子厉害罢了。
——紫阳真人

×年×月×日　　　天气：多云转晴　　　心情：

长嘴大耳的和尚最讨厌

今天，三位长老的神兵器总算找回来了，我们也就放心了。

记得那天早上，我们一起床，发现三件兵器不见了，吓得魂儿都没有了。三位小殿下听说兵器不见了，都很着急。三位神僧也很着急。尤其那个长嘴大耳的胖和尚最急，可能他的钉耙最值钱吧。可他再急，也不能是非不分，说兵器是我们铁匠偷的呀。他还恐吓我们，如果不交出兵器，就打死我们。

真是气人啊！那些天，我们日夜辛苦地铸造兵器，累死累活不说，还被胖和尚冤枉。他也不想想，这三件神兵器，一个重一万三千五百斤，另外两个各重五千零四十八斤，我们这群凡人怎么拿得动？

我看这个长嘴大耳的和尚，不但长得丑，搬弄是非的本事也是一流的。

好在孙长老通情达理，出来替我们解围，说这事不赖我们，要怪就怪他们自己太大意了。既然让我们看了式样，他们就该把兵器收在身边。这三件宝贝，一到夜里就放霞光，想必是惊动了什么妖怪，让妖怪趁黑摸走了。

事实证明果然如此。这下胖和尚没话说了吧。可他也没来给我们道个歉什么的。看他那个样子，也没打算道歉了。

唉，算了，他是殿下的座上宾，我们只是一群底下办事的人，没资格跟人家计较什么。不过这个长嘴大耳的胖和尚，也实在是太讨厌了。

（作者　某铁匠）

特约嘉宾：悟空

嘉宾简介： 全名孙悟空，又叫孙行者，是唐僧的大徒弟，玉华城大王子的师父。作为徒弟，他尽心保护师父，遇到妖魔总是第一个出头，是一个尽心尽力的好徒弟。而作为师父，他用心教徒弟武艺，传授神力和棍法，也是一个称职的好师父。

越越：大圣，你怎么突然就收徒了？这太让我意外了。

悟空：你这记者，好不晓事。我们出家人，巴不得要传几个徒弟哩。

越越：（两眼放光）那你也收我做徒弟呗。

悟空：（仔细打量记者一番，露出嫌弃的神色）取经要紧，等我从西天回来再说。

越越：哦。

悟空：……

越越：你那个徒弟，好教不好教？

悟空：好教，俺老孙看中的徒弟一定不会差。

越越：（不服气）那他拿得动你的金箍棒吗？

悟空：我这金箍棒是上古神器，凡人如何拿得动？但若要他拿动也容易，我吹口仙气到他腹中，再传他一个口诀，授予他拔山扛鼎的力气，他就拿得动了，只是耍起来有些吃力，走几步就气喘吁吁，不能持久。八戒跟沙僧的那两个徒弟，也是如法炮制的。

越越：既然他拿得动你的金箍棒，那你不会把金箍棒也传给他吧？

悟空：我这宝贝，是要保师父西天取经的，一路降妖伏魔都靠它，如何能送给别人？但他们三人可以仿照我们的宝贝，另造三件一模一样的。

越越：就因为造兵器，惹来一个偷兵器的黄狮精，差点把你师父唐僧给煮了。

悟空：师父命中该有这一难，怪不得我那徒弟。

越越：你还真是护犊情深呢。

悟空：……

越越：那仿品造好了没？

悟空：前几天刚刚造完。

越越：都有多重啊？

悟空：金箍棒有千斤，九齿耙和降妖杖各八百斤。虽然比不上我们的宝贝，但对他们凡人来说足够了。

越越：这几天你们一直在教他们三个习武吗？

悟空：自从降服九头狮子精回来后，就一直在教。

越越：除了武艺，还教别的吗？比如……七十二变？

悟空：这个不是几天能教会的。

越越：那佛经呢？

悟空：（汗）他们三个只是跟我们学艺，并没有出家的打算。

越越：所以只教武艺喽？

悟空：只教武艺。

越越：现在教得怎么样了？

悟空：他们三个勤学苦练，再加上我们授予了他们神力，相信过不了几日，便能有所成了。

越越：这么快？

悟空：不得不快啊，师父一直催我们快快地教，免得耽误了取经。这会儿跟你说话，又耽误了不少工夫。

越越：（汗）好吧。既然你这么说，我也不好意思打扰你了，大圣再见。

悟空：再见。

明星问答

猴子里数我老孙长得最俊

小青妖：大圣，你今年多大了？

悟空：千把岁吧，俺老孙自己也记不大清了。

黄鳝精：你为什么把金箍棒放到耳朵里？

悟空：因为从耳朵里抽出来比从鼻孔里抽出来帅。

白兔仙子：你对自己的长相怎么看？

悟空：俺老孙是天生的美猴王，全天下的猴子里面，就数俺老孙长得最俊！

黑无常：你帮人捉妖收钱吗？

悟空：俗话说，金子晃眼，银子傻白，铜钱腥臭！我乃积德的和尚，免费捉妖，绝不收钱。

柳小姐：大圣，听说妖怪们都很怕你，是不是真的？

悟空：哈哈，想当年俺老孙大闹天宫，天上地下谁没听过我俺老孙的名头？这西行路上的妖怪数不胜数，可只要听到俺老孙的名字，哪一个不吓得战战兢兢，两腿发抖！跟你讲，莫说是妖怪，连神仙都怕俺老孙哩！

求医

　　昨天，我父亲听说城里来了几位东土高僧，就跑去看热闹，结果一眼看到三个面目狰狞的妖怪，当场吓晕了过去，到现在还没醒来。不知哪位大夫能救救我父亲，若能救醒，我愿奉上白银十两、锦缎十匹。

——城南贾公子

领狮肉公告

　　孙长老捉来的一窝狮子精，本王已经命屠夫一一宰了，现将狮肉分给全城百姓，一来让大家尝尝鲜，二来给大家压压惊。每家每户都有份，请大家遵守秩序，排队前来王宫门口领肉。

——玉华王

为三位长老缝制新衣

　　三位长老与狮子精打斗时，衣裳都被扯破了。因此我想为三位长老各缝一套新衣裳，特命针工去办此事。样式不必花哨，按照原来的式样缝制就好，但务必要用最好的布匹、最精细的工艺，也不枉三位长老对我儿的一番栽培。

——玉华王

第23期 天竺收玉兔

本期关注

唐僧师徒走在大街上,刚好遇到天竺国公主抛绣球招亲。倒霉的唐僧被绣球砸中,被迫要与公主成亲。这可怎么得了?走千山万水来取经,眼看灵山就在眼前,唐僧却要去做天竺国的驸马了。

寺庙半夜传来诡异哭声

——来自布金禅寺的快讯

（本报讯）近日，唐僧师徒四人到布金禅寺借宿，到了半夜，庙里忽然传来一阵诡异的哭声。这是怎么回事呢？难道庙里有鬼不成？

原来，那晚夜色正好，唐僧和悟空就在方丈的陪同下，出来散步。走到后门口，忽然听到有人凄凄惨惨地哭。

唐僧慈悲心肠，听了这哭声，忍不住也掉眼泪，问是谁在哭。方丈便给他讲了一个诡异的故事。

去年也是这个时刻，方丈正要就寝，忽然听到一阵风响，似乎有人声传来。方丈跑出去一看，原来是个貌美的女子。方丈问她是谁，她说自己是天竺国的公主，刚刚在月下赏花，不想被一阵风刮到这里来了。方丈半信半疑，第二天进城一打听，却发现公主安然无恙。

方丈不敢放她走，便将她锁在屋里，每天给她吃两顿饭。每到夜深人静时，女子因为思念父母，哭泣不已。

如今听说唐僧要去王宫，方丈便拜托他去仔细分辨一下，到底哪个公主才是真的。唐僧答应了。

第二天，师徒四人便启程，赶往天竺国的都城。

现场追踪

唐长老被绣球打中了

师徒四人进城后,唐僧和悟空一起去王宫拜见国王。

他们走在街道上,忽然听前方人声鼎沸,一问才知,原来是公主在抛绣球招亲。悟空就拉着唐僧去看。那公主站在彩楼上,见唐僧走近,把绣球一抛,刚好砸到唐僧头上,把帽子打歪了。唐僧急忙去扶帽子,绣球"咕噜"一下,滚进他的袖子里。

"打中和尚了!打中和尚了!"人们齐喊。

几个太监、宫女走下楼,朝唐僧下拜:"驸马,驸马,快跟

我们进宫见驾。"

唐僧急忙还礼,回头抱怨悟空:"你这猴头,又来捉弄我。"

悟空笑着说:"绣球打在你的头上,滚到你的袖子里,关我什么事?"

唐僧说:"那如今怎么办好?"

悟空说:"师父,你放心,你先跟他们进宫见驾,我回驿站通报八戒和沙僧。假使公主不招你,你倒换了关文就回来。假使招你,你就跟他们说,要召三个徒弟来,有话吩咐。到时候,我们三个一起进宫,自然能辨出个真假。"

唐僧无奈,只得依他的话,跟太监、宫女们进宫见驾。

国王听说绣球打中一个和尚,很不高兴,但又不知公主之意,只好宣唐僧和公主一同入朝。

公主笑吟吟地挽着唐僧,一同进殿拜见国王。

国王问唐僧:"你这和尚,从哪里来?"

唐僧下拜说:"贫僧从东土大唐而来,去西天拜佛求经。"

国王说:"寡人的公主,年方二十,未曾婚配,本想抛绣球招亲,不想砸中你个和尚。寡人虽然心里不大高兴,但不知公主意下如何?"

公主叩头说:"父王,常言说,嫁鸡随鸡,嫁狗随狗。既然绣球打中了圣僧,就是前世有缘。女儿愿招他为驸马。"

唐僧一听,慌忙叫道:"不敢,不敢,还请陛下放我西去。"

国王生气了,说:"你这个和尚,怎么这么不通情理。寡人以一国之富,招你做驸马。你却念念不忘要取经。再推辞,推出去砍了!"

唐僧吓得不敢再推辞,只好说:"承蒙陛下厚爱,只是贫僧还有三个徒弟在宫外,望陛下召他们进宫,贫僧有话要交代。"

国王准奏了,派人去驿馆,召悟空、八戒和沙僧进宫。

现场追踪

 现场追踪

公主果然是假的

悟空三人进了宫，被带到御花园吃宴。不多会儿，国王带着王后和公主来了。悟空用火眼金睛一瞧，只见那公主头顶微微露出一点妖气，果然是假的。

悟空大喊一声，上前揪住公主："妖怪，哪里跑！"

公主见身份暴露了，急忙挣脱，跑到御花园里，取出一根短棍，转身来打悟空。俩人在花园里一场好杀，吓得国王、王后和百官两腿发软。

二人打了半天，妖怪抵挡不住，化成一道金光，直奔南方。悟空又追，追到一座大山前，忽然妖怪不见了。悟空在山里找了半天，不见妖怪踪影，念动咒语，唤出山神、土地前来询问。

但是，两位神仙却说："大圣，这山叫毛颖山，山中只有三个兔子洞，没有妖怪。"

悟空说："既然没妖怪，那妖怪为何逃到这里就不见了？"

两位神仙只好带悟空去找兔子洞。那妖怪果然藏在里面，呼的一声，跳出来，举起短棍就打。悟空和妖怪打了半天，眼看妖怪要被一棒打死了，只听半空有人叫道："大圣，棒下留情！"

悟空回头一看，原来是太阴星君，急忙收了棒子上前行礼。

太阴星君说："大圣，这个妖怪原本是我广寒宫捣药的玉兔。一年前，她私自下凡，到这里做了妖怪，还望大圣看在我的面子上，饶她性命。"说完，太阴星君用手指着妖怪，大喝一声："孽畜，还不现原形！"妖怪在地上一滚，变回了一只毛皮雪白的兔子。

太阴星君带走玉兔，悟空回到王宫，将事情经过说了一遍，又告诉国王真公主的下落。第二天一早，国王亲自去布金禅寺接回公主，一家团圆，皆大欢喜。

西游茶馆

玉兔与公主的前世恩怨

哈哈，难怪这妖怪会挖洞，原来是从月宫里跑出来的兔子。那根用来跟人打架的短棍，想必是她的捣药杵吧。
——白毛耗子精

是啊，不过有件事我想不明白，这玉兔不好好待在月宫里捣药，干吗跑到凡间来做妖怪？
——歪嘴狼妖

这你就不知道了吧。那天竺国公主，原本也不是凡人，是月宫里的一个仙女。十八年前，她打了玉兔一巴掌，后来思凡下界，投胎到天竺国王后的肚子里，成了公主。这玉兔呢，对那一巴掌怀恨在心，所以私自下界，把公主掳走，抛到荒野之中，算是报了一掌之仇。
——花蛇怪

按理说，一报还一报，也是应当的。只是这玉兔千不该，万不该，不该打唐僧的主意。人家历经磨难，走了十万八千里，才好不容易走到天竺，眼看真经就在眼前了，却差点被她坏了大事。我看玉兔这次回去，是少不了一顿责罚喽。
——黄毛臭鼬

那也未必。我看这九九八十一难，有一多半倒像是天庭故意安排的。这么说来的话，玉兔不但没错，反而还立了功呢。
——野牛精

布金禅寺真的布满黄金吗?

穿穿老师:

你好。我听过一个佛教典故。说舍卫国有个给孤独长者,他皈依佛门后,打算找块地盖个园子,请佛祖来舍卫国讲经。然后他发现太子的林苑不错,想买下来。

刚开始太子不肯,说:"我这园子不卖,你若要买,除非黄金布满园地。"长者听了,果真用大象把一堆堆的黄金驮了过去,用金砖铺满了整个园地。太子被他的诚心感动了,就把园子给了他。

唐长老他们去的这个布金禅寺莫非指的就是这里?如果是,那寺里岂不是布满了黄金?我去随便摸它几块砖头,岂不是一辈子吃喝不愁了?想想都有些激动呢。

穿穿老师,我知道你去过布金禅寺,你告诉我这是真的吗?

无名氏

无名氏:

你好。你猜对了,这的确就是典故中的布金禅寺。不过由于历史太过悠久,金砖早就没有了。但听寺里的和尚说,每次下大雨,常常会淋出金珠。要是运气好,就能捡到。你要是不嫌麻烦就来捡吧。对了,最后提醒你一句,寺里的和尚不好惹,你别被他们当妖怪给抓了。

《西游记》编辑 穿穿

修仙密码

神仙可以结婚吗？

最近有一位姓王的公子找到小编，说他无意中捡了一粒仙丹，吃了就能做神仙。他本来欣喜若狂，打算挑个良辰吉日去天庭报到，可后来有人跟他说，做了神仙就不能结婚了，劝他多多考虑一下。所以他想跟小编咨询，神仙到底能不能结婚。

据小编所知，天庭中除了玉帝和王母娘娘，其他神仙似乎都是单身。而且，玉帝和王母娘娘在做凡人时就是夫妻，并不是成仙后结的婚。所以小编大胆猜测，天规中应该是有规定：神仙一律不许结婚。

至于原因，也许是因为神仙是道教的，而道教主张清心寡欲，所以不主张结婚。

神仙不但不能结婚，就连谈恋爱都不行。如奎木狼和披香殿的玉女，二人有了私情后，却不敢公开，只好双双下凡投胎，这才做了十三年夫妻。

别说普通的小神仙，就连玉皇大帝和王母娘娘的女儿都不准谈恋爱呢。不然，七仙女干吗不在天庭找个如意郎君，却要偷偷下凡找董永呢？还有王母娘娘的外孙女织女，也是因为私自和牛郎结婚，被王母娘娘棒打鸳鸯，空留一段令人唏嘘的爱情佳话。

由此可见，神仙谈恋爱都没什么好下场。如果想结婚，就不要做神仙了；如果想做神仙，就趁早断了结婚的念头。

明星来了

特约嘉宾：八戒

嘉宾简介：猪八戒，又叫猪悟能。原本是天蓬元帅，后来皈依佛教，保护唐僧西天取经。前段时间，师徒四人在天竺国的寇员外家吃斋，不料惹来一场人命官司，齐齐蹲了大狱，幸好后来洗清了冤屈，目前刚刚出狱。

越越：八戒，听说前几天，你们师徒四个入室抢劫杀了人，被人告到官府里去了？

八戒：哪个遭瘟的造谣，看我老猪一耙打烂他的嘴！

越越：您别激动，别激动，其实我也不信。杀人放火这种事，就算你们兄弟三个肯干，你师父也不肯啊，是不是？

八戒：哼哼，这话说对了。我师父他老人家菩萨心肠，一生不干缺德事。这一次也是我们师徒倒霉，被一个瞎了眼的老太婆给诬陷了，害得我们白白蹲了几天监狱。

越越：啥？你们还真的蹲监狱了？到底是怎么回事呀？

八戒：这事说来话长。我们离开天竺王宫后，到了一个叫地灵县的地方，县里有一户姓寇的人家。那寇员外乐善好施，最喜欢斋僧。他曾经许下宏愿，要斋满一万个僧人。我们去的时候，他刚好斋了九千九百九十六个，只差四个。

越越：哎呀，那你们四个一去，岂不刚好圆满？

八戒：对啊，所以寇员外对我们特别热情，非要留我们住下，天天好吃好喝供着，跟供菩萨似的。说实话，我老猪还从来没见过这么热情的施主。

越越：那是，一般施主见了你，躲都来不及，哪里还敢留啊？你一顿能吃别人全家一个月的口粮呢！我看这寇员外，也是

明星来了

有钱任性。

八戒：寇员外的家产确实挺丰厚的。可也是因为钱财，才给他招来这场祸，也害得我们师徒四个白白蹲了场监狱。

越越：呀，发生什么事了？

八戒：我们前脚刚走，后脚就来了一群蒙面强盗把寇员外家洗劫了。那个老员外舍不得，扑上去跟强盗拼命，被强盗一脚给踢死了。

越越：啊，这么个大好人，怎么就死在强盗手里了呢？

八戒：可不是嘛。他死了，还连累了我们师徒四个。

越越：这跟你们师徒有什么关系？

八戒：寇员外的老太婆，硬说是我们师徒看上他家的金银财宝，所以才扮成强盗，返回来打劫他们家。她还说得绘声绘色，说什么点火的是唐僧，拿刀的是我猪八戒，搬金银的是沙和尚，打死寇员外的是孙悟空。

越越：……

八戒：还好我们师徒四人走到半路，碰巧遇上那群强盗，就帮寇员外把金银财宝夺回来了。大师兄怕师父怪他伤人性命，放走了强盗，这下可遭殃了。

越越：让我猜猜看，赃物在你们手里，而寇夫人一口咬定强盗就是你们师徒。哎呀，这下你们四人是跳进黄河也洗不清啦！

八戒：可不是。那官差来得好快，把我们都捆了，丢到监狱里严刑拷打。

越越：唐僧也打了？

八戒：打了。

越越：可怜的唐长老，皮白肉嫩的，怎么禁得起打？咦，你们师兄弟三个，就眼睁睁看着他挨打吗？

八戒：也不是我们狠心，只是师父该有这一难，躲也躲不过去。

越越：这样啊，那后来你们是怎么洗清冤情的？

八戒：这个简单，我大师兄会借尸还魂。他去了阴曹地府一趟，把寇员外的魂儿领回来了。那老官儿活过来后，自然给我们洗刷了冤屈。

越越：果然还是要靠大师兄啊。

八戒：哼哼（不高兴）。

越越：呃，这一路西行，八戒你也有很大的功劳啦，毕竟行李都是你挑的嘛，嘻嘻。

虽然长得丑，但不冒黑气

某官差：寇员外的老婆为什么诬陷你们？她跟你们有什么仇？

八戒：大师兄说，寇员外送我们那天，因为大张旗鼓，才惊动强盗，惹来这场祸。那老婆子怀恨在心，所以就陷害我们，算我们倒霉。

白衣：八戒，天竺国跟别的国家有什么不同吗？

八戒：这里离灵山不远，所以妖怪也少了很多。还有，天竺国的人崇佛，有很多斋僧的，我老猪再也不怕吃不饱了。

糖精：听说你有三十六般变化，都能变些什么呀？

八戒：不是我老猪吹牛，要说变山、变树、变石块、变土墩、变大象、变水牛、变骆驼，真是全会。只是身体变大了，肚肠也越发大，必须吃饱了才好变。可你要我老猪变那些轻巧华丽的东西，像苍蝇、虫子、珍珠、锦缎，还得找我大师兄，我老猪没那个能耐。

王小姐：那天我在街上看到你，见你老低着个头，不怕摔跟头吗？

八戒：师父嫌我丑，叫我在人多的地方把嘴巴揣到怀里，免得吓到别人。

红衣仙童：听说妖怪头顶都冒黑气，你冒不冒？

八戒：我老猪是天蓬元帅下凡，自然不冒黑气。沙僧原本是卷帘大将，也不冒。大师兄就更不用说了。我们三兄弟虽然长得丑，可都不冒黑气，只有那些山野精怪才冒黑气。但也只有我大师兄用火眼金睛才瞧得出来。

感谢四位圣僧

多亏四位圣僧相助,朕的公主才能平安回来。圣僧们的大恩大德,朕无以为报,特准备了金银二百锭,宝贝各一盘答谢四位圣僧。(编者注:然而出家人不受金银,唐僧师徒并没有接受国王的礼物。)

——天竺国国王

除妖建议

俺老孙听布金禅寺的和尚说,百脚山上有蜈蚣成精,常趁天黑出来伤人,给往来行人带来很大不便。我想,蜈蚣唯有鸡能降伏,因此可选一千只大雄鸡,散放在山中,除掉这只蜈蚣精。

——孙悟空

告八戒

猪八戒,你这个吃货,就知道吃吃吃,连自己是来干什么的都不记得了。好吧,你们三个就留在寇员外家吃吧,明天我一个人去西天取经!

——唐僧

第24期 灵山取真经

本期关注

师徒四人历经重重磨难，走了十万八千里路程，花了整整十四年光阴，总算走到了灵山。谁知在授经的过程中，阿傩、伽叶两位尊者趁机向他们索贿。悟空不肯，于是只得到几担"白纸"。这可怎么办？难道千里迢迢来取经，结果却是白跑了一趟？

顺风快讯

师徒四人已到灵山脚下
——来自灵山的快讯

　　(本报讯)经过重重磨难和考验,唐僧师徒四人终于走到灵山脚下了!

　　说来也好笑,当初唐僧见到假雷音寺的时候,硬是吓得从马上滚下来,非要进去拜佛,拦都拦不住。如今见到真灵山,他却不认得,以为还在凡间呢!

　　悟空笑着提醒师父,灵山已经到了。唐僧听了,慌忙翻身下马,拜了又拜。

　　悟空觉得好笑,说:"师父,还没到拜的地方哩。你这么拜下去,等走到山顶,得磕多少头?"唐僧这才作罢。

　　悟空来过灵山几次,轻车熟路,因此由他在前面带路,领着唐僧等人登上灵山。

　　十万八千里路程,整整十四年光阴,如今,师徒四人终于修成正果。就连记者也为他们暗暗激动哩。

　　不知他们登上灵山后,会见到一番怎样的景象呢?本报记者将继续为您跟踪报道。

唐僧脱了肉骨凡胎

悟空领着唐僧等人登上灵山,走了五六里路,一条波涛滚滚的大河挡住了去路。河边有块碑,上面写着"凌云渡"三个字。

唐僧忧心忡忡地问:"悟空,这如何过得去?"正说话间,下游有个人撑着一只船过来了,叫道:"上来!上来!"

悟空火眼金睛,一眼认出是接引佛祖,却不点破,只管叫:"这里,撑过来!撑过来!"

等船靠近,仔细一看,原来是一只无底的船。撑船人又叫:"上来!上来!"

唐僧胆战心惊,问:"你这无底的破船,如何渡人?"

撑船人笑着说:"我这无底的船,比有底的船还稳呢。就算风浪再大,也翻不了。"

唐僧还在惊疑不定,悟空性急,把他一推。唐僧站不住脚,咕噜一声滚到水里,被撑船人一把扯上了船。

悟空又引八戒、沙僧、白龙马上船。撑船人轻轻一撑,船离岸而去,岸上留下一具肉身。

唐僧见了大惊,悟空笑着说:"师父莫怕,这个是你哩。"

八戒也说:"是你,是你!"

沙僧也拍着手说:"是你,是你!"

撑船的也打着号子说:"那是你,可喜可贺!"

原来,那正是唐僧的肉骨凡胎,如今他已功德圆满,修炼成佛,自然也不需要这副皮囊了。

现场追踪

差点白跑一趟

师徒四人过了凌云渡,一路登上山顶,走到雷音寺门口。

四大金刚将师徒四人引进寺门,登上大雄宝殿。唐僧拜见了如来佛祖,说:"弟子玄奘,奉东土大唐皇帝旨意,特来拜求真经,以普度众生。望我佛慈悲,赐我真经。"

佛祖点点头,叫:"阿傩、伽叶,你们两个带他师徒四人去藏经阁,取三藏经书给他。"

两位尊者领了旨,带师徒四个来到藏经阁,只见霞光瑞气萦绕,经书满满,看得师徒四个眼花缭乱。

阿傩、伽叶却不急着传经,笑着对唐僧说:"圣僧从东土大唐而来,有些什么好东西送给我们?"原来,他们两个想趁机向唐僧索贿哩。

唐僧回答:"弟子玄奘,千里迢迢而来,不曾准备什么。"

阿傩、伽叶听了,不肯传经给他。悟空见了,忍不住叫道:"师父,我们去跟如来讲,叫他亲自把经传给俺老孙。"

阿傩急忙说:"别叫,别叫,我给你们真经。"

八戒和沙僧接过经书,一卷卷收在包里,驮在马上,又捆了两担,一人挑一担。四人又去大雄宝殿拜谢了佛祖,便下山了。

再说宝阁上有一尊燃灯古佛,目睹了传经过程,心想:"阿傩、伽叶传他们的是无字真经,可那东土僧人不认得无字经,岂不是枉费了圣僧这场跋涉?"于是他命白雄尊者去追赶唐僧,夺了他们的无字真经。

白雄尊者驾一阵风,转瞬追上了师徒四人。

师徒四人正赶路,忽然狂风滚滚,半空里伸出一只手来,

现场追踪

将马驮的经包轻轻抢走了。唐僧吓得捶胸顿足，八戒、沙僧紧紧护住经担。悟空急忙去追，白雄尊者怕他棍棒不长眼，将经包扯开，抛到地上，回去复命了。

悟空赶上前，只见经书散落一地，翻开一看，卷卷都是白纸，气道："一定是阿傩、伽叶索贿不成，故意传我们白纸。我们去如来那里告他们！"

师徒四人转身回到雷音寺，将事情在如来跟前说了一遍。

如来笑着说："你们别急，事情我已经知道了。他们传你们的，是无字真经，倒也是好的。只是你们东土众生认不得。"说完，他又叫阿傩、伽叶带他们去取有字真经。

两位尊者又带领师徒四人，来到藏经宝阁，还是跟他们索贿。唐僧无可奈何，只好命沙僧取出紫金钵盂奉上。二位尊者这才挑选了有字真经，共五千零四十八卷给他们。

师徒四人得了真经，叫白龙马驮了一担，八戒挑了一担，欢欢喜喜地踏上了回东土的路。

 现场追踪

九九八十一难之最后一难

唐僧师徒取到真经后，佛祖命八大金刚一路护送他们归东。

这天，师徒四人正在云雾中前行，忽然脚下一轻，连人带马掉落地上。一看，八大金刚早不见了。

唐僧心惊胆战，问："徒弟，这是什么地方？"

悟空跳起来，仔细看了看，说："师父，这里是通天河西岸。东岸有个陈家庄，我们在那里救过两个小童。"

八戒嘟嘟囔囔说："只说凡人会偷懒，想不到金刚也偷懒。他们奉佛祖旨意，送我们回东土，怎么半路就丢下我们不管？"

沙僧说："二哥休要抱怨。如今师父脱了凡胎，我们作法驾云过去吧。"

悟空却笑着说："过不去，过不去。"原来，只有悟空心里明白，唐僧九九八十一难，还差最后一难，正好是在这里。

正当师徒四个为难之际，忽然有人叫："唐长老，这里来，这里来！"仔细一看，原来是那只千年老鼋。老鼋在岸边探着头说："唐长老，我等了你们几年，怎么如今才回？快上来，我驮你们过河。"

唐僧四人听了，欢喜不尽，挑了经书，牵了马，踏上老鼋的背。

老鼋驮着师徒四人，游了半天，眼看快到东岸了，忽然问："唐长老，我曾托你替我问佛祖，我什么时候能修成人形，你问了吗？"

唐僧听了哑口无言。原来，他自打上了灵山，就一心扑在取经上，其他一概都忘了，因此没有替老鼋问。

老鼋见唐僧沉默不语,知道他没有问,身子一晃,忽然沉下水。师徒四人猝不及防,连人带马,扑通落水。

等四人狼狈不堪爬上岸,衣服、经包全都湿了。唐僧便让徒弟们打开经包,放到石头上晒。正晒着,忽然陈澄带着几个家仆匆匆赶来:"我听说唐长老取经回来了,怎么不到我家去,却在这里歇息?"说完,他硬是要请师徒四人去他家吃宴。

唐僧无奈,只好叫徒弟们收拾经卷,不料经卷未干,被石头粘住了几卷(被粘的那几卷经书至今不全,晒经石上至今还留有字迹)。

师徒四人到了陈家庄,耐不住大家的热情款待,吃了一家又一家。直到深夜,宴席才散去。

三更时分,唐僧偷偷叫醒三个徒弟,准备趁夜溜走。刚刚出门,忽然听到半空有人叫:"逃走的,跟我来!"原来是八大金刚又回来了。

八大金刚仍旧跟先前一样,托起师徒四人腾云驾雾,不到一天就返回了长安。

西游茶馆

阿傩、伽叶为什么向唐僧索贿？

我说阿傩、伽叶这两位尊者，也太不自重了吧。人家千里迢迢来取经，身上一穷二白，他们俩还向人家索贿，脸皮真是够厚的，简直丢佛祖的脸。
——日游神

是啊，尤其是阿傩，搜刮不到金银，把人家讨饭的碗都要走了，我都替他觉得羞。
——夜游神

话也不能这么说。经书可传，但不能轻传。你们想，如果总把经书白白传给别人，灵山上的佛、菩萨和金刚吃什么？穿什么？花什么？所以，唐僧拿区区一个紫金钵盂，换了真经，已经是很划得来了。
——某和尚

是啊，就算是神仙，也要香火供养嘛。我记得多年前，佛祖派一群和尚下山，去舍卫国一户姓赵的人家念经，保佑他家宅平安，亡灵超脱。当时念的就是那无字真经，讨了人家三斗三升黄金米，佛祖还嫌少了呢。唐僧师徒四人，两手空空来取经，佛祖肯把经书传给他们，已经算很照顾了。
——某尊者

×年×月×日　　　天气：晴　　　心情：

御弟终于回来了

　　自从御弟离开长安，去西天取经后，这些年，朕日也盼，夜也盼，盼了整整十四年，总算把御弟盼回来了。

　　御弟不负众望，果然从灵山取回真经，朕心十分宽慰。令朕有些意外的是，御弟还带回了三个稀奇古怪的徒弟：一只猴子、一头猪、一个河妖。听御弟说，这三个徒弟丑是丑了点，但一个个神通广大，能降妖除魔。西行路上，多亏有他们三个保护，御弟才能平安到达西天。

　　御弟还带回了关文，上面有西行路上各国国印：宝象国、乌鸡国、车迟国、西梁女国、祭赛国、朱紫国、狮驼国、比丘国、灭法国；还有凤仙郡、玉华州、金平府。一想到御弟跋涉万里，去了那么远，朕心中实在是感激不尽。

　　朕不知该拿什么来感谢他，昨晚一夜失眠，到天亮时分，才终于想了一个好办法。朕亲自为御弟作了一篇赞美之文，名《大唐三藏圣教序》，但愿御弟能喜欢。

　　朕本想把御弟留在身旁，为我大唐传经授道，只可惜，御弟已经功德圆满，修成佛身，朕想留也留不住，眼睁睁看他和三个徒弟踏着祥云，飞往西天了。

　　御弟成佛走了，但他取回的真经留了下来，我大唐子民一定不会忘记他。

　　　　　　　　　　　　　　（作者　大唐皇帝李世民）

明星来了

特约嘉宾：唐僧

嘉宾简介：前世是佛祖的二弟子，今生是大唐高僧。十四年前，他在佛祖的策划下，奉大唐皇帝之命，去灵山取经，历经九九八十一难后，终于取回五千零四十八卷真经，为大唐的佛教文化做出了杰出贡献。他本人也因此功德圆满，被佛祖封为旃檀（zhān tán）功德如来。

越越：唐长老，恭喜你们五人（包括白龙马）功德圆满。听说佛祖已经给你们授予封号啦？

唐僧：南无阿弥陀佛。我们在长安传完经后，便去西天领职了。佛祖根据我们各人的功过，分别进行了封赏。

越越：都是怎么封的呀？

唐僧：佛祖说，我前世是他座下的第二个弟子，名叫金蝉子，因为不听师父说法，轻慢佛教，被贬到东土投胎。如今我重新皈依，又历经磨难来灵山取经，功德显著，所以封为旃檀功德如来。

越越：哇，恭喜唐长老，哦不，恭喜旃檀功德如来。

唐僧：善哉，善哉。

越越：那悟空封的什么？

唐僧：佛祖说，悟空因大闹天宫，曾被他压在五行山下，天灾满后，归顺我教。在取经途中，悟空降魔伏怪有功，又善始善终，因此封为斗战胜佛。

越越：哇，大圣也成佛了，真替他感到高兴啊！那八戒封的什么？

唐僧：佛祖说，八戒本是天蓬元帅，因为在蟠桃会上醉酒，调戏嫦娥，被贬下界，错投猪胎，又在福陵山云栈洞吃了不

明星来了

少路人，罪孽深重。幸亏他皈依我佛，保我西天取经。然而一路上，他色心不改，意志不坚，还好他挑担有功，因此封为净坛使者。

越越：您跟悟空都成佛了，八戒却没成佛，他不会有意见吗？

唐僧：阿弥陀佛。八戒对此确实提出了异议，佛祖就宽慰他，说他肚肠大，吃得多，做了净坛使者，有享不尽的口福，这个职位最适合他不过了。

越越：呃，那个，话说净坛使者到底是干什么的呀？

唐僧：坛，就是祭坛。净坛，便是清理祭坛的意思。

越越：清理祭坛？哇，岂不是有吃不完的供品？哈哈，这个职位果然最适合八戒了。那沙僧呢？

唐僧：佛祖说，沙僧原本是卷帘大将，因为在蟠桃会上打破琉璃盏，被贬到流沙河，吃人造孽，幸亏后来皈依我佛，诚心诚意保我取经，牵马有功，封为金身罗汉。

越越：罗汉也不错呀。你们师徒四人都受了封赏，也不枉一路西行的艰难啊。

唐僧：记者，你似乎少问了一个人。

越越：谁？

唐僧：白龙马。

越越：（一拍脑袋）对呀，我怎么把小白龙给忘了，真是该死。请问白龙马封了什么？

唐僧：佛祖说，白龙马本是西海龙王之子，因为违逆父亲的命令，犯了不孝之罪，幸亏被观音菩萨搭救，皈依我佛，驮我去西天取经，又驮我归东，也有功劳，因此封为八部天龙。

越越：（挠头）八部天龙？到底是龙还是马？

唐僧：白龙马受封之后，去灵山后崖的化龙池退了毛皮，换了头角。等他飞出化龙池的时候，已经是一条金龙了。

越越：哇，果然是功德圆满，皆大欢喜呀。

唐僧：南无阿弥陀佛。

要念真经，须得找佛门宝地

刘二嫂：佛爷，我可不可以把您的像供在家里？
唐僧：南无阿弥陀佛，还是供在庙里比较好。

野猪花花：听说白龙马最怕悟空，为什么？
唐僧：南无阿弥陀佛，只因悟空五百年前在天庭做过弼马温，所以到今天为止，只要是马，见了悟空就怕。取经路上，悟空金箍棒一晃，那白龙马就发狂地往前跑，贫僧拉都拉不住啊。

山鸡精：悟空成了佛，头上的金箍儿没了，紧箍咒对他也没用了，现在您能把咒语公布一下吗？
唐僧：施主何必如此执着。这紧箍咒，贫僧早已经忘了。

小沙弥：听说你们去的时候，是八戒挑担，沙僧牵马，悟空啥都不干。那回来的时候，谁挑担，谁牵马？
唐僧：回东土时，是八戒挑经书，沙僧挑行李，悟空牵马。

刘八婆：唐长老，您把真经给我们念一遍呗。
唐僧：南无阿弥陀佛，若要念诵真经，须得找个佛门宝地。这里不是念经的地方。

广告栏

提高警惕,防止妖怪抢夺经书

昨晚阴风阵阵,电闪雷鸣,闹腾了一整夜。料想是那妖魔作怪,想抢夺我们的经书。大家一定要提高警惕,防止妖怪夺经,务必将经书安全送回大唐。

——孙悟空

取经人要回来了

当年师父去取经时,曾交代我们,他这一去,不知哪年哪月才能回来,只要看到寺里的松树枝朝向东方,他就回来了。昨晚一夜之间,寺里的松树枝全都朝向东方,一定是师父回来了。大家快快做好准备,去门口迎接师父。

——洪福寺唐僧旧徒

誊写真经诏书

御弟不负众望,千里迢迢取回真经,令朕十分欢喜。朕如今打算在全国各地推广真经,特命翰林院的官员誊写副本,希望你们认真对待这件事,千万不可马虎。

——大唐皇帝李世民